Solange Bied-Charreton

L'acceptation

roman

Stock

Couverture Le Petit Atelier
Photographie de couverture © Evelina Kremsdorf /
Trevillion Images

ISBN 978-2-2340-8260-1

Pour A., pour J.
En mémoire de Charlotte Grasset

« Meurent les biens,
Meurent les parents,
Et toi, tu mourras de même;
Mais je sais une chose
Qui jamais ne meurt :
Le jugement porté sur chaque
mort. »

« Hávamál », *Edda poétique*
(trad. Régis Boyer)

C'étaient des mots à la fois émotifs
et abstraits

L'homme au sac à dos

Je ne me rappelle pas le nom de l'autrice. Elle livrait de son roman une lecture accidentée à un auditoire endormi dans une librairie de Belleville, c'était dans la première quinzaine du mois de décembre 2015. Il y avait des guirlandes en devanture et une sélection de cadeaux, une certaine convivialité à laquelle on ne pouvait déroger, mais la fille ne jouait pas le jeu. Elle lisait vite, sans nous accorder d'importance. Laurence m'avait traînée à cette présentation et, puisque j'habitais la rue d'en face, côté XIXe – la rue de Belleville scinde l'ancien village du même nom en deux arrondissements, le XIXe et le XXe –, je n'avais pas d'excuses pour m'épargner le spectacle navrant du récit de cette séparation, récit de ce qui est toujours à la fois unique et tellement ordinaire, sans que l'insignifiance d'un tel échec console ou revigore. Ça parlait de nous, de nous tous, pour nous, pour tout le monde, ça parlait d'un homme et d'une femme au début du XXIe siècle qui s'aimaient puis se désaimaient, dans un contexte métropolitain, « dans une époque où les certitudes et les identités se diluent, où les repères n'en sont pas », précisait la quatrième de couverture. Clairement, la romancière tranchait avec l'esprit de Noël. Et puis, elle insistait pour dire qu'elle était « une survivante », cela avait pesé sur son lamento. Par deux fois, elle avait précisé l'intitulé de son ethos au libraire pénitent et je ne m'en voulais pas de la trouver ridicule. Le caractère inamovible de la vertu de survie, qu'on avait décidé d'adapter, de travestir, capitulait dans une époque où les certitudes et les identités se diluaient, où les repères n'en étaient plus.

Il était là, debout : égaré dans les rayons, il regardait en l'air, comme s'il s'apprêtait à dénicher une référence précise dans un océan de confusion. Lui, il n'écoutait pas ce qui se passait ici ; ça ne l'intéressait pas du tout, ce que l'on racontait là sur la rupture amoureuse. Et tandis que l'autrice décrivait des paysages de souffrance déclinables en strates, fondant un paysage de sédiments psychiques, il était tout à son affaire, dans le fond à gauche, désagrégé du reste. Son visage était traversé par une expression d'indolence. Il prenait son temps ou il prenait de la distance, il prenait le monde à distance. Il semblait à la fois efficace et spéculatif. Il avait capté mon attention.

La voix monocorde de l'autrice s'estompait lentement au profit de cette vision d'un homme retiré dans une posture d'étonnement face à des êtres inanimés, du papier et du carton (des livres), et du bois (des étagères), les noms sur la tranche des livres, le classement alphabétique sur les étagères. Il portait une veste en velours côtelé pleine de poches et couleur crème. J'avais longtemps possédé une veste semblable à la sienne et j'avais regretté de l'avoir perdue. Sans le vouloir, il instaurait une proximité entre nous, faisait surgir un sentiment de nostalgie. C'était une intimité, dans laquelle je l'avais embarqué et dont les effets m'apaisaient ; elle ne reposait sur rien qu'il pût déduire, il en était le passager involontaire. Dans son dos, un sac de voyage Samsonite était bardé d'étiquettes aéroportuaires qu'il n'avait pas pris soin de décoller. Elles s'enroulaient autour de courroies et de bretelles, un assemblage complexe comme les harnais d'une caravane. Ces ornements, c'était la route qu'il traçait. En aveugle, il allait, sillonnant un désert de fortune parsemé de nos existences atones. C'était un voyageur, nous n'étions que son escale. Il s'en irait sans doute sans prêter attention. Il y avait des codes-barres effacés par le temps, des lettres capitales sur ces bouts de papier, une procession de destinations qu'il maintenait sur lui comme des grigris, indiquant par abréviations des toponymes sans qu'on les distingue. On ne savait pas d'où il venait, qui il était.

Au moment où la romancière repassa le micro au libraire, sa lecture terminée – lecture qui m'avait perdue disséminée et, finalement, portée vers l'ailleurs –, un drôle de vacarme retentit dans le fond à droite. Des dizaines d'ouvrages avaient chu tout autour de l'homme au sac à dos et il s'était accroupi pour les ramasser. En me levant de ma chaise pour lui venir en aide, je constatai que le public gardait les yeux rivés vers la scène. Avais-je été la seule à entendre tomber les livres, à assister à cela, ou même à me rendre compte de la présence de ce type dans le fond de la librairie ? Et j'avais consenti à le rejoindre dans son chaos sans me poser la moindre question, je m'étais sentie appelée, non pour résoudre son problème, mais de la manière dont on prend en charge ses propres bagages, comme on guette avidement leur arrivée sur le tapis roulant à l'aéroport, avant de les identifier dans un rictus de soulagement, de s'en saisir et de les emporter avec soi dans un nouveau pays.

Je lui ai tendu des livres et il m'a remerciée. Il a dit « merci » à voix basse. À cet instant, je n'ai pas pu me rendre compte qu'il s'exprimait avec un fort accent étranger ; je n'ai pu l'entendre prononcer les mots français en roulant les R, avec son accent magnifique, qu'après, lorsque la convention théâtrale s'est abolie autour de l'autrice et que, dans l'assistance, les langues se sont déliées, que les blessures disséquées dans son livre ont été remisées, toute une souffrance oblitérée derrière la passementerie de la convivialité et la force de vente du libraire. Tout le temps des questions que le public a posées à l'écrivaine, nous l'avons passé accroupis, à ramasser ce qui s'étalait sur le sol sans rien se dire, à fomenter ensemble une conspiration sans objet. Il avait des mains calleuses, marquées par le contact avec la terre ou la roche, les doigts écorchés par des travaux manuels. Une tête toute ronde mais une mâchoire carrée, une grande masse de cheveux mais soigneusement coiffés, avec une raie sur le côté gauche. Il y avait dans ses cheveux des reflets clairs qui trahissaient une blondeur enfantine. Sa peau était rasée de frais, il avait l'air jeune, même si l'on ne parvenait pas à lui donner un âge. Une fois ou deux il a levé les yeux vers moi, de grands yeux bleus effilés, doux et puissants. Après avoir laissé sourdre quelques applaudissements et l'invite du libraire à retrouver l'autrice pour une séance de dédicaces, il a saisi un livre au hasard à ses pieds, et il a lu tout haut en essayant de couvrir les voix : « Rien que pour entendre passer le vent, il vaut la peine d'être né. » Désormais, on ne percevait plus que le brouhaha de la salle et, dans ce laps de temps, il en profitait pour me parler, histoire de ne pas, plus tard, empiéter sur le territoire sonore du vent, c'est-à-dire du silence. C'étaient les mots d'Alberto Caeiro, l'hétéronyme païen de Fernando Pessoa, un auteur qu'il aimait. Sa voix – je la percevais distinctement malgré le bourdonnement et les rires de la salle – était chaude et sa prononciation du français était inédite. Elle était belle.

Il est venu avec moi se servir un verre de mousseux et grignoter des petits gâteaux d'apéro mous. Laurence nous a regardés, ou plus précisément elle m'a regardée, et son regard semblait me poser une question : « Tu le connais, c'est qui ? » L'écrivaine était maintenant attablée et on lui avait apporté un verre d'eau pétillante. Elle récoltait à présent les fruits pécuniaires de son chagrin. Une file d'attente distendue se formait devant elle, s'étendant jusqu'aux caisses. Sur le pas de la porte, le libraire échangeait des considérations avec deux types qui fumaient. Il disait que les attaques de Paris avaient porté un coup fatal au commerce, et forcément à l'économie du livre, que cela aurait aussi un impact sur les ventes de décembre, que les emplettes de Noël ne permettraient même pas de redresser la barre. Comme chaque année, une guirlande d'étoiles argentées zigzaguait dans la rue de Belleville qui plongeait alors de toutes ses lumières vers la tour Eiffel. L'un des interlocuteurs se racla la gorge avant de sortir une banalité sur les « événements ». Il fallait aussi aller de l'avant, penser que 2016 ne pourrait qu'être meilleure. Sur la question des attentats, je distinguais deux catégories de personnes. D'un côté, celles qui disaient vouloir revenir à l'essentiel, les proches ou le sens de la vie, se consacrer à des causes importantes dès à présent, exactement comme si elles allaient elles-mêmes y passer la semaine suivante. De l'autre, les gens qui soutenaient qu'on n'allait pas non plus s'empêcher de vivre, qu'il fallait au contraire en profiter pour s'enivrer, se perdre. Deux attitudes qui exhalaient la même peur de mourir.

Quand Laurence a proposé qu'on aille dîner dans le XIIIe, j'ai pensé que j'allais perdre pour toujours la trace de l'homme au sac à dos. Et je me suis demandé dans quelle mesure cela m'affecterait. Chaque jour, j'établissais le contact avec des personnes que je ne revoyais jamais, dans les transports en commun, à la faveur d'un regard, de la prise d'un renseignement ou de la retenue d'une porte ; j'échangeais alors quelques mots ou seulement un sourire. J'oubliais les gens. Je redoutais de perdre cet homme de vue. J'avais envie de le rencontrer vraiment, de savoir qui il était. J'avais envie qu'on se parle, qu'on se raconte nos vies. J'avais envie de savoir d'où il arrivait et où il irait ensuite, mais sans perdre sa trace. Je voulais qu'il puisse revenir devant moi me raconter ce qu'il ferait après.

(Plus tard, il a avoué n'avoir pas compris ce qui s'était passé dans la librairie ce soir-là. Il a dit n'avoir aucun souvenir de l'évocation du livre de l'autrice, de la rupture sentimentale ou de quoi que ce soit qui s'y rapporte. Il a enterré la souffrance. Il a longtemps soutenu que c'était un soir de nocturne, et raconté à pas mal de gens qu'on s'était juste rencontrés en faisant nos courses de Noël. Il a campé sur sa position jusqu'à ce que je lui rappelle l'éboulement des livres et le vin pétillant, et qu'il avait seulement choisi, pour lui-même, le recueil d'Alberto Caeiro dont il avait extrait le vers. Qu'il avait été le seul à arriver en caisse avec autre chose que le livre de l'autrice. Tout cela l'a probablement mis sur la piste de la vérité, mais il a préféré magnifier notre rencontre à la manière de son propre souvenir.)

Il a rapidement prononcé un mot, comme un diminutif, quand je lui ai demandé comment il s'appelait, mais je n'aurais pas pu l'orthographier. Sur l'application Notes de mon téléphone, il a inscrit « Gessi ». Quand j'ai voulu savoir s'il habitait Paris, il a dit : « Pas tout le temps. »

— Je pars pour le Danemark demain matin. Mais je serai de retour à Paris en janvier.

J'ai pris cela comme un encouragement, j'ai souhaité perdre ses coordonnées. Alors il m'a laissé une adresse e-mail comportant cette fois un prénom et un nom. Je lui ai demandé s'il était danois ; il m'a simplement répondu « non », sans rien préciser d'autre.

Je ne devais pas recontacter ni même rencontrer Gestur Sigmundsson. Je n'aurais vraisemblablement pas dû l'approcher ni même le regarder. J'aurais dû le laisser vivre et circuler sur Terre sans me trouver sur sa route, ni tenter de mettre en ordre son champ de bataille. Sans intervenir, ni ressentir que nous étions liés par une solidarité occulte. S'intéresser à Gestur, vouloir le retenir ou rentrer dans sa vie, ce n'était pas une bonne idée. Laurence m'avait mise en garde. À la base, il y avait quand même un gros problème avec la position de la lune noire dans mon thème astral.

Cadre dans le conseil au parcours atypique, mais lectrice avant tout, et consommatrice occasionnelle de champignons hallucinogènes, elle pratiquait l'astrologie avec une acuité tout à fait troublante. Elle pouvait vous parler de votre père dans les moindres détails, comme si elle le connaissait intimement, évoquer son caractère, ses manies ou ses points forts, rien qu'en ayant sous les yeux ses heure, jour et lieu de naissance.

— Uranus t'a vraiment dans le pif, en plus, pardonne-moi l'expression. C'est la planète des accidents et actuellement, elle s'attarde un peu beaucoup dans ta maison VII, en carré avec Vénus, la totale… Je ne dis pas ça pour être cruelle, mais dans un souci d'honnêteté. Toi, Aurore, il faut que tu sois patiente, parce qu'*a priori*, rien ne pourra être vraiment harmonieux avant 2029, quand le transit d'Uranus se fera moins pesant et que cette planète aspectera différemment ton thème. Évidemment, vu comme ça, c'est désespérant, mais à ce moment-là, tu seras en pleine possession de tes moyens.

2029, cela faisait long. Je ne voulais pas attendre jusque-là. Mais je n'ai pas pensé tout de suite que j'allais lui écrire ou lui donner rendez-vous. Même sans les prévisions de Laurence, avec le peu d'éléments que je possédais, s'enamourer de l'homme au sac à dos, à la vie ostensiblement compliquée, à la nationalité cryptique, ne semblait pas une solution d'avenir. J'avais pris son e-mail comme un fil entre nous, je me sentais soulagée. Le caractère soudain, brut, de sa présence était teinté d'évanescence. Très vite, il était venu dans mon champ de vision, nous nous étions penchés pour rassembler ce qui était par terre, puis il s'était évaporé dans une rue adjacente. J'en restais éberluée.

Laurence me tendit un casque de moto. On rejoindrait la rive gauche en traversant la place de la République, après être passées devant « les attentats ». Par ce toponyme, elle désignait le croisement de la rue de la Fontaine-au-Roi et de la rue du Faubourg-du-Temple, où avait eu lieu l'une des fusillades perpétrées par les terroristes quelques semaines auparavant. On irait dîner à la Butte-aux-Cailles, on parlerait de tout autre chose. Le froid coupait les mains et la Seine était noire, parsemée de petites lumières blanches qui vacillaient lentement.

Le caractère exceptionnel des gens

Il y aura eu l'effondrement de cette étagère de librairie, puis l'édification de cette relation. Il y aura eu l'effondrement de cette relation et l'édification de ce récit. Il y aura eu l'emménagement de Gestur dans mon appartement, l'attente de notre enfant, la joie de sa naissance, ce duplex investi dans la rue des Couronnes juste avant notre séparation. Il y aura eu le passage au clair d'idées qui, emboîtées les unes dans les autres, ont fondé le constat d'une impossibilité. Ce sont des événements qui s'enchaînent à partir de rien, intégrés dans une traîne de sentiments contradictoires, que l'on peut désormais observer à la manière dont Gessi inspecte toujours le monde : froidement, scientifiquement, dans le but d'offrir à ce qui est advenu la caractérisation adéquate. C'est l'histoire d'un amour, puis d'un désamour.

Bien plus tard, nous ne nous sommes pas quittés. Le temps s'est arrêté ; ou plutôt, si l'on veut, il a suinté à travers les interstices d'un plan alternatif, d'un monde parallèle : nous poursuivons l'histoire après l'histoire. C'est toujours nous, mais le nous d'après, d'un temps additionnel qui n'en finit plus. Nous sommes tous les deux autour d'une table de salle à manger, dans notre chez-nous qui ressemble à une ruine, que nous avons pourtant acquis au début de l'année, mais c'est la ruine qui correspond le mieux pour évoquer l'endroit où nous vivons, nous survivons, la ruine peut-être mieux que la colère (nous ne nous énervons pas, le moins possible), où notre lien s'abîme, parce que l'installation n'a pas eu lieu, elle n'aura jamais lieu. À l'avenir nous ne vivrons pas ensemble et nous en avons pris conscience très peu de temps après être entrés là, lorsque notre fils a atteint l'âge de trois mois, dans ce lieu désiré, obtenu de justesse et qui devait nous voir vieillir.

Et ensemble, nous parlons d'argent avec le moins de crispation possible devant notre bébé. Pour lui, notre petit Erling, et pour ne pas perdre la face, notre réputation de gens bien élevés en dépend, le ton est sec et les phrases sont brèves, il n'y a aucune effusion, tout devient technique. La souffrance, la déception, la colère ravalées, nous parvenons à nous concentrer sur des chiffres, et notre histoire s'évalue au *prorata*, nous traçons des tableaux, nous ne savons pas lequel de nous deux devra faire le plus gros chèque à l'autre. La seule certitude que j'ai, à cet instant, est celle d'une machination passionnelle, d'un piège que je me suis tendu à moi-même. Il était bon d'y croire, jusqu'à verser dans cette évidence admise : partager la vie de Gestur, c'était faire l'expérience de la déréliction. Une solitude accompagnée, en demande, qui n'obtient jamais gain de cause, toujours à la recherche de son objet de désir, implorant un peu de chaleur humaine. Solitude délivrant ironiquement une raison de vivre, imposant la poursuite du combat, attribuant les rôles de sauveur, de victime. Ce si peu, qui était alors à notre portée, nous l'avons étreint le mieux possible, jusqu'à ce qu'il rende l'âme. C'est désormais chose faite.

J'ai longtemps ignoré comment prononcer ce prénom et ce nom, mais je me les répétais comme un mantra. C'était une ancre, à laquelle je m'amarrais. Une identité merveilleuse m'accompagnant partout. J'avais effectué, cet automne-là, de longues balades dans le quartier. Je flânais sur la butte Bergeyre, que je rejoignais par l'escalier de l'avenue Simon-Bolivar, au niveau du numéro 54, et venais y sonder la jachère des jardins partagés, la population constituant le rang de ses activistes, affairés à la constitution d'un compost en biodynamie. Les déchets composeraient une nouvelle matière. Quelque chose adviendrait, qui fertiliserait ce qui préexistait. Certaines fois, de longues femmes ménopausées venaient là ; féales sentinelles, elles disposaient leurs fesses anguleuses sur un tabouret tripode dont elles enfonçaient les pieds dans la terre et elles tricotaient des heures durant dans le froid. Parfois le ciel était très bleu, un vent glacé chassait les nuages. J'appréciais la netteté des lignes dans la nudité soudaine des vignes vierges encore pourpres la semaine précédente, l'impossibilité du mensonge, la mise à l'index de l'à-peu-près. Ces conditions météorologiques étaient celles de l'honnêteté. La pluie ne pouvait de toute façon pas me camoufler, m'intégrer dans un décor misérable et moite ; j'apparaissais clairement, en détouré, dans l'attente de quelque chose de plus grand que moi. J'attendais qu'une occasion survienne, il aura fallu que je la provoque.

Mais je n'ai pas cherché tout de suite à reprendre contact. À la place, j'ai tapé ses prénom et nom dans Google. Je revois maintenant le visage de Gestur, cette collection de Gestur pris sous toutes les coutures, sa tête ronde et ses yeux bleus, avec ou sans barbe, les cheveux longs ou très courts, portant ou non ses lunettes, en T-shirt, en costume. C'est à ce moment que j'appris qu'il était islandais et ce qu'il faisait dans la vie. Peu d'êtres humains peuvent désormais miser sur l'anonymat, il n'est donc plus nécessaire de poser beaucoup de questions à quelqu'un pour en savoir plus sur lui, un nom suffit. Ce que le moteur de recherche dévoilait n'avait pourtant que peu de rapports avec la personne que j'ai mise au centre de ma vie très peu de temps après, avec sa manière de se mouvoir, d'émettre des jugements sans en déduire aucune décision, de mettre à sac ce qui peut fonctionner ou de regretter ce qui s'est passé sans parvenir à reconnaître ses erreurs.

Gestur Sigmundsson était chercheur. Il était spécialiste des Vikings, plus précisément des tombes vikings, de leur emplacement dans le paysage d'Islande. L'archéologie du paysage traite de l'impact humain sur les milieux naturels ; en décelant les logiques des hommes du passé, on peut retrouver leurs maisons et leurs sépultures. « Ma thèse s'est donné l'ambition de comprendre comment vécurent les colonisateurs norvégiens de l'Islande et qui ils furent, à travers l'étude des lieux qu'ils choisirent pour enterrer leurs morts. Le résultat de cette recherche, m'expliqua-il plus tard, c'est que les sépultures vikings sont, la plupart du temps, au bord des routes et, surtout, à proximité de certains carrefours : croisements de la route qui mène à une ferme et de la route principale, croisements d'une route principale et de la limite d'une propriété. Il y en a aussi le long de la bordure qui sépare deux terrains (ces terrains sont souvent délimités par des rivières, aussi en trouve-t-on le long des cours d'eau). On découvre, encore, des tombes au bord de la mer, à l'endroit où la côte a permis le mouillage d'un navire. »

Pour lui, les morts débordaient de la terre, c'était comme si le sol en était farci. Un sol islandais nu et muet, mort lui-même, brûlé vif par le sel et la lave, que Gestur s'employait à faire parler. Sol qui n'avait plus rien à donner et, pourtant, lui s'était juré d'en tirer quelque chose. Il torturait et questionnait ce pays sans attrait à coups de pelle mécanique, de pioche et même de ses mains, s'acharnait sur l'étendue déjà gelée, partiellement inexploitable, dure comme la pierre, dans une folie excavatrice, un délire charognard. Son activité de creuseur, les motifs qu'il attachait à cette occupation patiente et souvent vaine, allaient à l'exact encontre de tout ce qui se pratiquait dans nos contrées modernes, en ces temps qui faisaient dépendre notre survie de la vitesse à laquelle on en effaçait les fondements.

Une sagacité de contrebande nous poussait à créer des réseaux immatériels qui dilapidaient en temps réel toutes les anciennes manières d'être humain. Ce que Gestur venait retirer de la terre d'Islande lui dévoilait un passé dont le monde entier se moquait.

Il avait effectué, ou effectuait toujours, une mission avec l'université de Caen Normandie, une autre avec l'Unesco, dont le siège se situe à Paris. Cela expliquait-il sa présence en France ? Membre de l'Office universitaire des études normandes, il avait participé à plusieurs de ses colloques et délivrait des cours sur les fondations scandinaves dans l'espace occidental. Son rôle auprès de l'Unesco semblait plus ludique. Il faisait partie d'un comité scientifique présidant à la reconstitution d'un village viking établi en Normandie, sur les zones jadis colonisées par ces navigateurs. Le site Internet de Fuglavík, dont le nom en vieux norrois signifiait « la baie des oiseaux », revêtait une dimension pédagogique ; les visuels montraient des enfants et des adolescents émerveillés devant des habitacles, objets usuels, bijoux, armes de guerre. La vie de Gestur Sigmundsson m'apparut alors peuplée de gens bizarres, hyperspécialisés, en concurrence féroce. Il y avait les référents, les anciennes gloires, les stars et les losers. Il y avait les *haters*, les étoiles montantes, l'aristocratie de cour, ses intrigants et ses insignifiants. Un environnement hermétique et insoupçonné, dans lequel on ne pénétrait pas sans une initiation.

Ce que la vraie personne m'apprit d'elle-même, lorsque je me décidai enfin à lui écrire, vint compléter ce premier tour d'horizon. Je ne me privai pas pour poser des questions, je fis de la connaissance de l'archéologue islandais une activité à part entière. La nuit du mois de janvier s'amenuisait sensiblement en ses extrémités, le soleil perçait, comme des cristaux de sel rongeant l'ombre, de jour en jour la lumière gagnait du terrain. C'était surtout visible le soir, cette obstination du jour à demeurer vivant, à revenir parmi nous. Je liais cet allongement au nouvel entrain que je ressentais vis-à-vis des courriels que nous nous échangions. Écrivant tantôt en anglais, tantôt en français (mais le français était plus maladroit), il soutenait qu'il était seul en France. Y avait-il eu une femme dans sa vie ? Plusieurs femmes ? Ici ? Là-bas ? Je mis du temps à comprendre où il habitait, car il parlait aussi d'un appartement à Reykjavík. Est-ce que je comprends mieux aujourd'hui ?

De l'Islande, la majorité des Français ne savaient rien, en dehors des geysers, de Björk ou du groupe Sigur Rós. Nous avions également pris connaissance de l'existence d'un volcan au nom imprononçable, qui avait perturbé le trafic aérien en Europe au printemps 2010. L'éruption de l'Eyjafjallajökull avait fait parler d'elle de manière elliptique, par périphrases agacées : articuler le nom du volcan nous était impossible. Quelques compatriotes partaient aussi là-bas pour marcher sac au dos. Au cours des années 2010, la destination froide, quasiment désertique, et l'aridité de la langue islandaise s'étaient peu à peu transformées en gage de snobisme, une manière d'opérer une distinction avec des prolos trop pressés de contracter leur cancer de la peau en s'envolant pour Naxos ou Djerba. Les Islandais étaient des gens ouverts, respectueux et soudés – ces gratuités revenaient régulièrement. Cependant, le filon fut rapidement connu ; le voyage en Islande ne revêtit plus rien d'exceptionnel, encore moins de dangereux. Sanatorium à ciel ouvert, la destination se mit à relever de l'originalité incontournable. Ce qu'elle vendait aux bourgeois, plus précisément aux néo-bourgeois, leur corollaire, qui poursuivaient dans le fétichisme de la matière brute leur désir de simplicité, c'était la version luxe de ce qu'on vendait aux autres. Un conformisme de la rareté, taillé sur mesure.

(L'entreprise de banalisation des paysages du monde, dans laquelle s'étaient lancés les bourgeois voyageurs, trouva dans les réseaux sociaux des alliés indispensables. Pensé par et pour eux, Instagram ne proposa plus que des vues à couper le souffle. Le langage de ses filtres racontait ces légendes – des images étonnantes, des choses, des paysages auparavant jamais saisis, ou jamais de cette manière. L'application entretenait ces mythes d'invincibilité, le caractère exceptionnel des photos, le caractère exceptionel des gens qui les prenaient. L'Islande était devenue la destination phare de ces individus souhaitant sortir du lot, mais, en très peu de temps, quelques années tout au plus, la féérie s'émoussa. Le voyage raconta son atypicité sans être entendu, à force d'être démultiplié ou surexposé. Et comme toutes les prises de vue partagées sur le Net, les photos islandaises devinrent insignifiantes.)

À mon tour, je lui racontai qui j'étais, où je travaillais, planquée depuis des années aux éditions Planisphère, une maison spécialisée dans la production d'encyclopédies et d'ouvrages de référence, qui ne tarderait pas à rendre l'âme devant l'étendue du libre accès aux données sur Internet. On pouvait, même, s'étonner qu'elle résiste encore. Je l'entretenais au sujet de ma famille, de mon père, qui avait réussi à faire fortune dans la moutarde de Dijon en lui redonnant un coup de jeune. Je lui parlais de sa bataille remportée contre sa propre ringardisation – à sa génération, nul n'avait entrepris de se confronter au recyclage décomplexé d'une France « à l'ancienne » ni acquis une sensibilité de hipster. Nul quinquagénaire de la fin des années 1990 n'avait pressenti le caractère lucratif d'une telle momification. Mon père avait donc réussi, il était le meilleur (ma grand-mère paternelle prétendait que son fils cadet avait aussi un don de sourcier, et ce mythe a perduré longtemps dans la famille). Gessi déclara qu'il aimait la moutarde, mais également le vin. Il avait une connaissance respectable du terroir français, il ne résistait pas à une bonne bouteille. Au sujet du don pour les sources, il répondit comme si c'était un fait avéré. La nature délivrait ce genre de sortilèges, et l'on pouvait les lire. La fonction divinatoire des runes vikings était attestée, le « Sigrdrífumál », un poème héroïque de l'*Edda poétique*, soulignait son importance. Telle n'était cependant pas leur fonction première, et Sigrdrífa, l'enseignant à Sigurd, se gardait bien de les circonscrire dans leur application augurale. On se servait des runes pour déchiffrer le rationnel comme l'irrationnel. Je restai coite.

Dans quel monde retiré vivait ce Gestur, quelles correspondances établissait-il avec le nôtre ? Le mystère entourant les péripéties de sa vie quotidienne – aller chercher un colis à la poste, étaler du Nutella sur une tartine, prendre un bain – exerçait sur moi une fascination. Je ne parvenais pas à me l'imaginer. Je pris peur également. La crainte d'avoir affaire à un marginal, inapte à la communication, au partage d'expériences banales. L'avenir me confirmerait ce que je pressentais, me montrerait comment Gestur n'avait jamais vraiment vécu parmi nous. Pour l'heure, il me souhaitait un joyeux Noël et m'informait de son prochain retour en France, la deuxième semaine de janvier. Il se proposa de me rapporter d'Islande, dans son sac à dos, une aurore boréale. Il aimait mon prénom pour ce qu'il lui rappelait ce phénomène étrange, qui advenait aux régions terrestres proches des pôles, ces traînées vertes et roses, troubles et fugaces dans la nuit. Dans son journal intime, la forme que prenait la description de notre vie, j'ai longtemps été désignée de manière à induire une indistinction entre ce prénom et ces évanescentes traînées de lumière crue.

Ni armée ni insultes

La présence armée était désormais caractérisée par une assiduité, une pénétration franche dans le quotidien. J'étais arrivée à la gare de Dijon-Ville en fin d'après-midi, le 24. Des patrouilles Sentinelle, similaires à celles aperçues dans ma gare de départ, parcouraient l'intérieur du bâtiment armées du Famas, le fusil d'assaut de l'armée française, allant et venant dans le hall cylindrique, dans la lumière jaune, rosée, des derniers rayons de soleil. C'étaient de jeunes hommes en gilets pare-balles qui se déplaçaient par trois ou quatre. Leur rôle était préventif, ou plutôt dissuasif. Il visait à indiquer la présence d'une autorité légitime face à ce qui n'était qu'une menace, invisible, mais dans toutes les têtes. La violence revenait par à-coups, on n'y prêtait presque plus attention. Ni l'utilisation de lanceurs de balles de défense contre des manifestants, ni les derniers assauts de la BRI ou du Raid, ni la médiatisation tranquille de ces hommes encagoulés, ne parvenaient à nous émouvoir. Et ces patrouilles Sentinelle qui faisaient partie du décor, on ne les regardait pas avec rassurement : on ne les regardait plus. La tristesse ou la rage, on ne les exprimait pas, parce qu'on ne les ressentait plus.

De la même manière, nous nous étions accoutumés à être « en crise », à faire de cet événement une constante. Au reste, l'armée française ne protégeait pas un territoire ; le modèle occidental éclairé ne voulait pas de la guerre. On avait mal compris : ces rondes s'accomplissaient afin que tous, d'un bout à l'autre du monde, puissions détenir un pouvoir d'achat satisfaisant et consommer la même chose. Or la seule présence de fusils d'assaut dans ce décorum constitué d'affiches exhalant l'idée de plaisir et de confort à bord de véhicules hybrides provoquait la déprise, pointait l'incohérence.

Je n'avais pas gardé de souvenir du vendredi 27 novembre 2015, ce jour où le président Hollande avait préconisé d'exposer des drapeaux tricolores aux fenêtres en hommage aux victimes des attentats qui avaient eu lieu quinze jours auparavant. Cet appel à pavoiser son balcon, son lieu de travail, n'importe quelle façade de n'importe quel bâtiment, avait, je crois, été largement suivi aux quatre coins du pays. Mes parents n'avaient pas dérogé à la règle, un grand drapeau tricolore s'affichait, mollement ceint au balcon de leur chambre à coucher. Or on oublierait ces drapeaux, qui demeureraient longtemps, juchés aux fenêtres parisiennes, prenant la pluie et battus par le vent, ils allaient grisonner et se déchireraient. Personne ne penserait à les retirer, ni même au fait qu'ils étaient encore là. Un peu plus tard, à l'été 2018, la France a gagné la coupe du monde de football, et tout d'un coup on a revu les drapeaux français. On les a sortis dans la rue, mais on en a aussi ajouté aux fenêtres, si bien qu'on n'a pas pu distinguer ceux de l'hommage aux victimes de ceux qui symbolisaient la victoire des sportifs. On n'aurait pas su de quels drapeaux – je n'oserais dire de quelle France, vivante ou morte – il s'agissait.

Le drapeau de mes parents continuait à flotter, lui aussi. Ma mère s'en réjouissait. Cette bonne intention luttait, ma mère le soutenait, contre le déchirement de la Nation. Notamment contre l'amalgame entre les terroristes et les Français musulmans honnêtes qui ne demandaient rien à personne et que le drapeau représentait aussi, ce que mon père concédait à ma mère dans la mesure où ils payaient leurs impôts.

— La question, Thierry, c'est surtout – enfin, c'est d'abord – si on est capable de faire société oui ou non, et c'est aussi celle du pardon. Est-ce que je peux pardonner aux assassins ; dire cela : « Je pardonne », le penser ?...

— Non.

Ma mère noyait alors son regard bleu dans l'opposition de son mari. Heureusement que mon frère et ma belle-sœur n'étaient pas encore arrivés à l'instant où elle se lançait dans sa méditation de Noël ; Étienne n'en pouvait plus de cette catéchèse systématique et c'était toujours pour lui l'occasion de formuler une plaisanterie raciste ou contre les pauvres, ce qui avait pour effet de remettre une pièce dans la machine et débouchait invariablement sur un sermon maternel à propos de la tolérance et du respect, et personne, pour rien au monde, ne voulait alors en entendre parler. Contrairement à Étienne, et à Émilie, son épouse, qui ne s'exprimait pas à ce sujet mais n'en pensait pas moins, je tentais de voir le bon côté des choses. Un abonnement à *La Croix* développe de manière exponentielle la propension à la miséricorde. Il permet, en outre, de connaître sur le bout des doigts le nom de tous les évêques et les archevêques de France, ce qui conduit les lecteurs à s'identifier entre eux en soirée. *Happy few*, ils se distinguent des autres à peu de frais.

Mes parents s'étaient installés à Dijon en 1999, nous n'y avions pas grandi. Aucun souvenir émouvant ni même modérément marquant ne m'attachait à cette ville, mais je ressentais une sympathie automatique pour ces façades XVIIIe, Notre-Dame, la Chartreuse et le Palais des ducs, un décor féérique fait de tours de garde et de colombages, de cuivre, de fer forgé et de statues de pierre, le palais d'une France disparue, uniquement prisée pour ce qu'elle a cessé d'être. Devenu moutardier au tournant du siècle, au moment où la vague néo-rétro venait de conquérir le secteur de la consommation courante, mon père, Thierry Bernier, avait embrassé le *made in France* dans le contexte d'une globalisation galopante. Il avait compris la richesse de son caractère exclusif, celui d'un ensemble de petits aspects du quotidien, principalement dans le domaine des plaisirs gustatifs. Mettre un filtre souverainiste sur tout et n'importe quoi nous avait réconfortés au moment où l'on perdait le contrôle de notre monnaie et de nos frontières. Plus tard, ce fut considéré comme hautement instagramable. D'ailleurs, ce fut instagramé. Sur les emballages, la *team* de la moutarde Bernier réalisait le mariage astucieux du néo-rétro et de l'infantilisation.

Sur le parvis de la cathédrale Saint-Bénigne où nous nous rendîmes pour assister à une messe de minuit anticipée, je retrouvai les soldats arme au poing. Pour une fois, j'y attachai une attention particulière, parce qu'on ne les avait jamais vus garder les églises. Cela rappelait les synagogues protégées par l'armée, ceintes de barrières de sécurité; nous y étions acclimatés depuis longtemps. La célébration religieuse se déroula sans accroc. Toutefois, au moment du baiser de paix, ma mère transgressa largement le périmètre qui lui était alloué pour s'aventurer jusqu'au fond du transept afin d'être certaine de n'oublier personne; mon père bailla beaucoup, et regarda sa montre à plusieurs reprises. En sortant de l'église, il alla serrer la main des soldats, et les remercia. Je vis qu'il était ému, mais je ne sus déceler la nature de cette émotion, percevoir si c'était de la tristesse, de la colère ou du dépit.

Ce ne fut qu'au déjeuner du lendemain que les langues se délièrent. Étienne et sa famille arrivèrent juste avant le déjeuner, me tirant de ma rêverie devant le carrousel d'angelots que ma mère avait disposé sur la table. On servit du champagne et on se souhaita un joyeux Noël. Étienne, Émilie, Flore et Paul, leurs enfants de six et quatre ans, vivaient à Singapour. Ils avaient atterri à Roissy la veille et passé la nuit à l'hôtel, pour reprendre le train ce jour. Performance admirable sur le décalage horaire, d'autant que les enfants avaient très peu dormi et débarquèrent à la maison en pleurnichant, au motif qu'ils n'avaient pas vu la tour Eiffel. Nonobstant la fatigue, ils m'apparurent légers. Ils retrouvaient la France avec bonheur. « Les plaisirs de la table », avait même dit mon frère en reprenant des marrons. Il s'exprimait maintenant comme un magazine *in-flight* et revenait sur son projet de fonder une crêperie à Geylang, en plein quartier malais, où les touristes ne manqueraient pas de tomber sous le charme du savoir-faire français, et plus précisément breton. Suivant l'exemple paternel, l'audace du maître moutardier, et sous la bonne étoile de nos grands-parents morbihannais, Étienne lâcherait alors son poste d'auditeur en « zone SEA » (Asie du Sud-Est), achèterait un petit *shop-house* à réhabiliter dans lequel il ouvrirait son restaurant. Aux fourneaux, Émilie découvrirait enfin le monde du travail – elle avait rencontré Étienne après des études de philosophie, et elle l'avait suivi sans réfléchir (ce n'était pas très philosophe). À Sacramento, ensuite à Singapour, elle s'était consacrée à l'éducation de leurs enfants. Au programme : cidre, galettes et beurre salé. Un petit bout de chez nous, le pays leur manquait.

— Je ne vois pas bien, vraiment, ce qu'il y aurait à regretter. C'est devenu l'enfer ici, les gens ne se parlent même plus, déclara mon père.

— Quelle négativité ! soupira ma mère.

— On en reparlera quand on n'aura plus peur d'aller à la messe de Noël. Anne, je juge les faits.

— Parce que vous avez eu peur d'aller à la messe de Noël ? demanda Émilie, qui n'avait pas suivi toute la conversation.

Éprouvés par le voyage, Étienne, Émilie et leurs enfants avaient abandonné l'idée de participer à une quelconque célébration de la Nativité ; ils avaient passé la soirée sous la couette à l'hôtel devant *La Reine des neiges*, diffusé sur Canal+.

Émilie avait très ostensiblement rejeté le foie gras que ma mère avait servi en entrée. Elle rappelait que le gavage était un procédé extrêmement douloureux pour le volatile, que la vente de foie gras tombait déjà sous le coup d'une interdiction à New York et en Californie. Désireuse d'engager une démarche éthique, Émilie se demandait s'il n'était pas possible de proposer des produits végans en ouvrant la crêperie. Un jour, peut-être, les restaurants français se battraient pour décrocher des « éco-étoiles » qui n'évalueraient pas les qualités gustatives de l'assiette, mais plutôt les vertus écoresponsables de l'établissement.

Je pensai que, ce jour-là, on pourrait tous se suicider. Coïncidence cruelle, ma mère déclara au même moment que ce serait vraiment une avancée notable. Depuis longtemps, en famille, je préférais me taire. Je n'ouvrais la bouche que pour délivrer des informations pratiques, les plus précises possibles, ou bien m'en enquérir. Cette pratique rigoureuse de l'ethnologie dans le cadre domestique, toujours conduite dans la plus grande bienveillance, m'a permis au fil des ans d'établir des constantes et des théories à propos de ce système familial. À titre d'exemple, mon père était plutôt indépendant d'esprit, si on le prenait à part ; néanmoins il finissait toujours, en présence de ma belle-sœur, par se soumettre à la morale commune, celle des sentences culpabilisantes et des initiatives citoyennes en faveur de la planète, comme s'il était relégué au statut de suiveur à cause d'Émilie, ou qu'elle lui imposait une supériorité en s'appuyant sur le dernier rapport du Giec, alors qu'en son absence il se montrait capable de défendre et la peine capitale et l'existence des races.

Je m'entretins avec Flore et Paul au sujet des jouets qu'ils avaient eus pour Noël, ainsi que de leurs aspirations dans cette existence qui s'ouvrait à eux. Flore voulait être restauratrice, comme par hasard. Elle me déclina des noms de dimsums cantonais probablement inventés et leur composition. Paul, lui, désirait conduire un camion-poubelle. C'était une décision admirable, un déclassement social assumé.

En montant dans le train qui me ramenait à Paris, j'eus envie de prendre des nouvelles de Gestur Sigmundsson, comme on désire ouvrir la fenêtre quand on étouffe. Je lui souhaitai un joyeux Noël, où qu'il se trouvât (était-il encore au Danemark ?). En arrivant à la gare de Lyon, je vis qu'il m'avait répondu. Il m'écrivait qu'il était de retour en Islande. Tout était blanc à sa fenêtre ; sur la montagne Esja, la lumière était rose ; l'après-midi était court et, très progressivement, la nuit recouvrait tout, elle prenait toute la place. Il cherchait à m'exprimer les nuances de ce paysage, puis il ajouta : « Je viens d'un pays qui ne déploie ni armée ni insultes. Chez moi, Aurore, on n'insulte personne, et on ne fait jamais la guerre. »

La guerre de la représentation

Les fenêtres donnaient sur le boulevard Beaumarchais. Grandes ouvertes, elles incitaient à se tenir frigorifié sur le balcon orné d'une guirlande clignotante blanche et rouge, et de bouteilles de champagne remisées pour la suite des festivités. Une partie des convives arrivés avant moi s'y regroupaient dans leurs costumes de bal. La consigne du déguisement avait été correctement respectée par l'ensemble des réveillonneurs. Avec mon misérable loup pailleté comme seul accessoire, je risquais l'ostracisme. Les invités de Laurence, qui avait organisé cette célébration du Nouvel An dans l'appartement de ses parents avec son frère, avaient fait un effort. Tous avaient suivi le thème imposé par les hôtes de cette « Saint-Sylvestre commedia dell'arte ». On pouvait distinguer des arlequins et des pierrots, des colombines, et aussi des pirates, des marquises. Une Bécassine et un Tintin, même.

Je progressais dans le salon aux immenses bibliothèques, où un feu de cheminée crépitait dans une semi-obscurité et projetait sur les murs des silhouettes effrayantes de géants égrillards. J'étais arrivée vers onze heures du soir, la fête battait son plein et ces profils inquiétants s'agitaient sur de la vieille house française. Stardust et son *Music Sounds Better With You* me renvoyait au temps de mon adolescence. Une jeunesse relativement innocente, en contexte optimiste, sous Alain Juppé puis sous Lionel Jospin, sans Google ni réseaux sociaux. Sur une banquette, au fond, se tenait une femme enceinte, énorme, en compagnie de son conjoint qui ne cessait de faire des allers et retours en direction du buffet pour lui apporter des amuse-gueules. Un danseur vraisemblablement expérimenté faisait une démonstration au milieu de la pièce, ce que l'on pouvait appeler une chorégraphie. La salle entière, une partie des invités sur le balcon, tout le monde semblait captivé par ce type qui s'agitait dans un costume de toucan, la tête dans un gros bec jaune.

— Paris est une fête ! Paris est une fête !

Alex Estienne, le petit ami de Laurence, grimé en Sganarelle et déjà éméché, arrivait derrière moi en me tendant une coupe de champagne. Il reprenait à son compte ironique le mot d'ordre des médias, emprunté à la traduction du titre du journal parisien d'Hemingway, après les attentats de novembre. Je connaissais l'opinion d'Alexandre à propos du Paris contemporain, celui d'Anne Hidalgo, à propos de la fête, à propos de la politique culturelle, et même à propos de la France. Je gardais en mémoire ses accès de colère du mois de janvier précédent contre les effusions des Parisiens, unis contre la barbarie islamiste, brandissant bougies, stylos et autres ours en peluche contre les kalachnikovs de djihadistes. La fête obligatoire, diversion peu convaincante – au même titre que le slogan « Même pas peur », qui n'exprimait que l'effroi de ses énonciateurs –, procédait selon Alex du même aveuglement coupable et désinvolte.

Alex et Laurence formaient un couple baroque, elle était son aînée de huit ans et l'avait rencontré à la soirée de lancement d'une revue littéraire – la revue *Bastringue*, autoproclamée impertinente, versant en conséquence dans une forme très répandue de politiquement correct. Des plumes nouvelles et d'autres démodées, assurant leur retour par des prises de position artificiellement singulières, y croisaient le fer. Sur le plan littéraire, Laurence Caligari avait un goût affûté. Je ne veux pas parler – pas nécessairement, pas uniquement, du moins – de son engouement pour les écrits de Catherine Millet. Et bien que fille de deux électeurs du Parti socialiste convaincus des bienfaits de l'anglicisation du discours décisionnel, elle était à l'initiative d'un club de « lecteurs non réactionnaires d'auteurs réactionnaires ». Ce club organisait un gigantesque trafic d'ouvrages surannés dans tout Paris depuis maintenant dix ans. On y vibrait pour Drieu, pour Bernanos ou même pour Jean Dutourd. Aussi pour Julien Gracq, l'épithète « réactionnaire » jouissant alors des largesses d'un champ sémantique qui n'a pas fini de s'étendre.

S'il y a quelque chose que permet encore la littérature, c'est la rencontre de gens très différents, qui parviennent à se plaire sur la base démodée et superfétatoire d'un consensus esthète. Car Alex était un grand bourgeois de la plus pure espèce, à polo de rugby et pantalon magenta, quand il ne portait pas de costume et de cravate. Mais un diplôme d'ingénieur en poche, il n'avait rien trouvé de mieux que de se faire licencier d'une très belle entreprise, dans sa première année de vie professionnelle, au motif que certaines de ses activités militantes avaient pris le dessus. De ces mésaventures, il avait tiré un ouvrage (« Un témoignage marquant », détaillait le bandeau) qui s'était un peu vendu. Il avait amorcé une tournée hexagonale avec l'éditeur, rencontré de jeunes contestataires du système, poussés eux aussi ces dernières années dans une forme très soutenable de relégation volontaire, au nom de la décroissance ou de l'écologie intégrale, de la lutte contre la marchandisation des corps ou de l'aide aux chrétiens d'Orient – cette cause ancienne avait fait son grand retour dans l'opinion publique avec l'offensive de Daech et la guerre en Syrie, et représentait peu ou prou le pendant, en terme de compassion, pour la droite cléricale, de l'accueil des migrants revendiqué à gauche. Les trajectoires de ces jeunes n'étaient pas marginales, elles tranchaient simplement avec ce que leurs parents avaient programmé pour leur progéniture. Ils devenaient apiculteurs, charpentiers, professeurs en zone d'éducation prioritaire. Ils voulaient dénicher des métiers porteurs de sens, dire non aux *bullshit jobs*. Ils voulaient amorcer une révolution.

Laurence vint vers nous. Elle avait revêtu une robe scintillante et une cape à fourrure. Sa paire de gants remontait au-dessus des coudes. Son visage était recouvert d'un maquillage graphique, les ailes d'un papillon monarque vert pomme. Saisissant la main d'Alex, elle m'entraîna avec eux vers le fond de la salle. Là, elle m'introduit à ceux de ses amis que je n'avais pas encore eu l'occasion de connaître. Ève et Charlotte, respectivement déguisées en Catwoman et Wonderwoman, au nom du féminisme ; Noémie et Ivan, la femme enceinte et son compagnon, qui se présentèrent sous les traits plus dociles d'une colombine et d'un pierrot. Pour venir me saluer, Noémie se dressa sur ses jambes les mains sur la hanche. Moulée dans cette chemise de nuit blanche à pois noirs, elle ressemblait à un panda transgénique. « La date du terme, c'est le 15 janvier », précisa Ivan, exactement comme si je la lui avais demandée, tendant vers Noémie, de nouveau affalée sur le bras du canapé, un *virgin mojito*.

— C'est Aurore, la fille dont je t'ai parlé, fit savoir Alexandre au jeune arlequin blond et longiligne qui s'était joint à notre petit groupe. Il portait à sa bouche une bouteille de bière à l'aide de la main gauche et, alternativement, de la droite, une pipe en merisier. Il me considéra attentivement avant de me saluer.

— Alors, comment ça va, aux éditions Planisphère ? On sacrifie encore toutes ces forêts pour imprimer sur du papier ? hasarda le jeune homme.

Je n'étais pas sensible à ce genre d'entrée en matière. À vue de nez, le garçon était du même âge qu'Alex et cette jeunesse-là ne m'inspirait rien qui vaille. Quel crédit porter à des gens nés après

1990 ? Le mépris pour les encyclopédies papier leur est constitutif, ils ne se figurent pas l'allure des maréchaux soviétiques un jour de parade et n'ont probablement jamais écrit de lettres de leur vie.

— Tu veux boire quelque chose ? poursuivit Arlequin, sans baisser les bras.

— Je vais plutôt aller danser, lui répondis-je en saisissant le bras d'Alexandre.

La sélection musicale ne décollait pas de mes années de jeunesse. Le toucan continuait à se donner en spectacle au milieu du salon en ballottant son plumage. Entre les anses de son bec, on voyait poindre sa petite tête ridicule qui vociférait sur le tube d'Armand Van Helden *So Why Do You Judge My Life ?*. Il chaloupait en compagnie d'un homme et d'une femme, les embrassant sur la bouche à tour de rôle. Noémie-Colombine l'encourageait depuis le canapé : « Vas-y, mon Théodore ! » Alex et moi avions tenté de rivaliser, mais c'était peine perdue. Finalement, nous rejoignîmes le canapé. Côme, me disait-il, était son ami, il était très sympa, il ne fallait pas le prendre de haut. « On va lancer notre magazine, on a un actionnaire qui croit à notre projet ! » Ce projet m'intrigua.

— En gros, on a décidé de montrer à tout le monde une France qui réussit, cette nation positive, fière de ses racines, confiante dans son avenir.

« You say that I'm not li-iving right ! », glapit au même moment Théodore le danseur, si bien que je n'eus pas le temps d'exprimer ma circonspection. Laurence, m'apprit Alex, travaillait dans le même cabinet de conseil que Théodore. Théo Zami pratiquait la danse en semi-professionnel (si cela voulait bien signifier quelque chose). Au buffet, j'allai me servir un demi-verre de mauvais whisky, que je mélangeai à de l'eau fraîche. Une étrange mixture, de saveur fade, mais en m'astreignant toute la soirée à cette consommation de basse intensité éthylique qui m'hydratait tout en m'alcoolisant, je savais que j'atteindrais une ivresse confortable en m'épargnant la gueule de bois du lendemain. Lorsque minuit sonna, chacun se prit dans les bras pour se souhaiter une bonne année 2016. Ivan dansa avec Laurence sous le regard jaloux de sa grosse femme, amputée pour l'heure de toutes capacités motrices. Le clou de la soirée fut sans conteste prodigué par Arlequin, qui sabra le champagne d'un revers de machette hutu. L'arme blanche génocidaire qu'il avait décrochée d'un pan de mur du salon à la décoration coloniale, où l'on pouvait aussi admirer des œufs d'autruche malgaches, était plus aiguisée qu'il ne l'avait prédit et brisa net le col de la bouteille. Le champagne se répandit en moussant sur le plancher.

Jérôme Caligari, le père de Laurence, était éditeur de livres d'art. Il aimait les performances d'artistes exposant leur absence, leur colère ou leur hystérie. J'avais longtemps fait des complexes devant Laurence, qui avait lu très tôt un nombre incroyable de classiques, là où je m'étais dépêchée de rattraper mon retard, juste avant le bac. Elle avait aussi passé sa jeunesse, avec ses parents et son frère, devant les comédies de Billy Wilder, les films de Max Ophuls ou de Marcel Carné, tout un pan de la culture assez peu accessible aux petits provinciaux, jamais incollables que sur l'histoire de France. Aujourd'hui je me demandais ce qui avait pu pousser ce père à prodiguer à sa descendance des repères esthétiques si aiguisés, si c'était pour finir comme lui par éditer des catalogues de types déféquant dans des pots de chambre alignés en série.

Je me posais encore la question alors que j'assistais aux confidences d'Ivan, revenant sur la psychothérapie qu'il avait entamée après son burn-out. Il s'en ouvrait à Catwoman et à Wonderwoman qui produisirent, en l'écoutant, une moue de désapprobation commune. La psychanalyse était une théorie misogyne au service de l'agresseur, elle affirmait la domination masculine en plus d'érotiser les enfants. « Le complexe d'Œdipe affirme sans souci le désir sexuel de l'enfant pour le parent de sexe opposé », se scandalisait Catwoman. « Le phallus est puissance, et, dans un système patriarcal, la femme doit lui être soumise », enchaînait Wonderwoman. Elle invitait aussi à se méfier des psys en tant que personnes, car beaucoup d'entre eux étaient en réalité des pervers narcissiques manipulateurs. Wonderwoman était l'autrice d'une thèse sur Deleuze soutenue à la Sorbonne. À la lumière de cette information, je trouvais dommage qu'elle reprenne à son compte, avec autant de spontanéité, les éléments de langage de la presse féminine. Un peu plus tard, mais je ne me souviens plus quand exactement, peut-être vers la fin de la nuit, j'assistai à un échange très vif entre Alexandre Estienne et le même Ivan. Sur fond de techno inaudible, Sganarelle et Pierrot s'écharpaient à propos de l'état d'urgence décrété en France. Pour Ivan, c'était une violation majeure des libertés fondamentales. Pour Alex, l'assignation à résidence permettait seulement de parquer des égorgeurs potentiels.

Je rentrai chez moi à pied vers huit heures du matin, remontant le boulevard jusqu'à la place de la République. Marianne, juchée là, me parut immense. À ses pieds se tenaient les trois allégories, grimées et brocardées depuis les morts de novembre ou peut-être ceux de janvier. L'une avait la bouche recouverte d'un bâillon, deux bouts de sparadrap noir disposés en croix, une autre tenait sous le bras un drapeau français. Sur les flancs de la troisième, des paroles avaient été écrites, c'étaient des mots à la fois émotifs et abstraits, lancés là comme une demande de justification – *peur*, *liberté*, *union* –, sans qu'on sache s'ils désignaient un affect ou une volonté politique. Au pied du monument, la cire des bougies qui s'était répandue sur la dalle formait un tapis bizarre, sur lequel gisaient des bouquets de fleurs détrempées aux couleurs indéfinissables. Une nausée me saisit à l'examen de leurs pétales. Je tournais de l'œil, j'avais faim. Après un arrêt au McDonald's de la rue du Faubourg-du-Temple, où j'avais commandé un petit déjeuner « McMorning salé » à emporter, je gravis la rue de Belleville en mangeant, sous une lumière rose orange, et regagnai mon appartement des Buttes-Chaumont. Je me couchai dans une ébriété récalcitrante mais moelleuse, maîtrisée, et dormis jusqu'au milieu de l'après-midi.

Au village Jourdain

Ce n'est pas chose aisée de choisir un café à Belleville, un lieu de rencontre qui ne soit pas erronément typique ni abusivement branché. Le bar idéal se définit donc en négatif, à l'aune de ces objets d'éviction. Il s'agit d'un lieu normal, limite *normcore*. Légèrement décati, il ne s'y passe que ce qui doit se passer : des gens y boivent et y mangent des plats honnêtes, classiques et simples. La musique diffusée est connue. Le décor n'a rien de spécial. Le Lescot combine tous ces avantages. L'établissement se situe sur la gauche de Saint-Jean-Baptiste, l'église en plein cœur du « village Jourdain », comme les agents immobiliers se plaisent à nommer cette partie de l'ancien Belleville. Au moment où Gestur fit son apparition sur le seuil de ce café normal, j'ai pensé qu'un mois avait déjà passé depuis notre rencontre, à quelques mètres de là, et que, depuis, il s'était rendu dans deux autres pays, avant de revenir ici.

Il vint à moi sans aurore boréale. Plus petit que dans ma mémoire, il portait encore ce sac à dos Samsonite rectangulaire sur les épaules. Il avait une chemise en jean, ouverte sur un T-shirt kaki, ce qui n'était ni à la mode ni passé de mode, et il s'exprimait toujours avec cet accent étrange, en roulant les R. Ses yeux bleus m'impressionnaient et ils me fascinaient. Rapidement, il commanda pour nous deux verres de pinot noir et, sans préavis, il se mit à discourir à propos du vin français. Il employait un ton pénétré pour évoquer des réalités récréatives, il était comique malgré lui. Il était attendrissant. Je savais déjà, à ce moment-là, qu'il me serait possible de tomber amoureuse. Je remarquai aussi qu'il portait des chaussures de montagne. Où vivait-il ?

— Je loue des Airbnb quand je suis à Paris, confia-t-il. Je remplis des missions diverses en Normandie. Sinon je suis à Reykjavík, l'autre partie du temps.

Son existence était romanesque, mais il n'en tirait pas un parti flagrant. C'était posé là sans malice, sans contentement de soi. En écrivant ces lignes, je lui rends justice : Gestur est l'homme de la fiction, le côtoyer fournit une matière incroyable. J'écris seulement ce qu'il a vécu, ce qu'il est. Rien de ce qu'il accomplit ne fut jamais ennuyeux, banal ou péremptoire, et même les catastrophes parvinrent à être drôles. Il en parlait toujours comme s'il ne pouvait en être autrement. Sa complexité est d'un ressort tragique, ses méandres, ses déplacements, ses clivages sont les choix de vie les plus simples qu'il a pu effectuer. Les missions pour l'Unesco, expliquait-il alors, lui faisaient passer en France dix à quinze jours par mois, parfois même davantage, au cours desquels il était également appelé à se rendre à Caen pour y délivrer des cours. Il y allait en train, par la gare Saint-Lazare, prenait là-bas une chambre, revenait à Paris. De Paris, il rejoignait Reykjavík. Ainsi se déroulait sa vie. Il ne visait pas la tranquillité ; l'atteindre de cette manière était impossible, mais c'était sa version de l'équilibre.

À ce moment de la conversation surgirent des musiciens extraordinaires dans le café ordinaire, qui vinrent mettre à mal les qualités que je lui avais attribuées. La réputation du village Jourdain nous rattrapait. Sans prévenir, un groupe de Touaregs débarquèrent dans leurs takakats sombres, leurs vêtements immenses, s'installèrent devant nous avec des instruments et commencèrent à jouer. « C'est du tichoumaren, du blues amazigh », m'informa le serveur. Nous avions du mal à nous entendre. Gestur savait que le peuple touareg était menacé d'extinction. Les sécheresses peu à peu réduiraient les cheptels, poussant les hommes du désert, toujours plus nombreux, vers l'extrême pauvreté. Un jour, ils disparaîtraient, et leur musique avec eux car on ne saurait plus la transcrire. On l'oublierait.

Les Islandais aussi formaient un petit peuple en voie d'évanouissement. Gestur en parla comme des derniers autochtones européens, des Japonais occidentaux, oscillant sans cesse entre tradition et modernité. Ils avaient la mémoire des temps anciens, des scripteurs en avaient transmis la cruauté et la beauté. Ils savaient lire, lisaient beaucoup, ils lisaient encore. Ils écrivaient de la poésie. Gestur aimait les vers de Sigurður Pálsson et ceux de Þórarinn Eldjárn, il m'évoqua des gens dont nul ici ne soupçonnait l'existence. Uniquement parlée, alors, par 340 000 locuteurs, leur langue était leur fierté. Régulièrement, elle était enrichie de mots nouveaux, fondés à partir de ceux existants, pour contrer l'invasion linguistique américaine et le monde globalisé. Longtemps ces insulaires n'avaient été que pauvres, détailla Gestur, à différents degrés de pauvreté, et sous domination scandinave ; longtemps n'avaient-ils fait que survivre. Une certaine aisance les exposait maintenant à la disparition, comme s'il fallait souffrir pour demeurer vivant, comme si l'opulence dilapidait le désir de vivre. Ce qu'ils avaient de précieux allait se dissiper dans une profusion de biens matériels qui les étourdirait, et ils désapprendraient toutes leurs traditions (cette sénilité qui affectait l'Europe, l'Occident tout entier, viendrait à eux sans fard, elle se présenterait dans son plus simple appareil, attractif et poisseux, elle les engloutirait avec leur consentement). Ils deviendraient, bientôt, un groupement humain comme les autres, une colonie de l'ensemble, sans particularisme.

« I walk you home », telles furent les paroles qu'il prononça lorsque nous descendîmes la rue de Belleville. Il parlait mieux ce vocable d'aéroport que le français, qui n'aurait jamais eu cette concision. J'aurais voulu savoir si je comptais pour lui, si la fascination qu'il exerçait sur moi était réciproque. J'aurais aimé déceler ce qu'il avait en tête, mais j'ignorais encore que je n'y aurais jamais accès. Et quand bien même il s'aventurerait aujourd'hui à me raconter quelque chose sur cette soirée, souhaiterait à tout prix s'approcher de la vérité, il y a tout lieu de mettre en doute la véracité de son souvenir. Je l'ai aimé pour cela aussi, pour la mystification immédiate des données de notre histoire. Du retour, je me rappelle, personnellement, avoir fixé les lacets noir et vert fluo de ses chaussures de montagne, et l'avoir observé arpenter le bitume parisien comme un animal étrange, aux aguets, pris au piège dans un environnement qui n'était pas le sien.

Les Vestfirðir

Il y a les falaises angulaires aux creux comme des nefs noires, où l'on distingue la danse lente et précise des mouettes et des guillemots tournoyant comme des miettes autour de corps invisibles. Les fixer en contre-plongée donne le vertige, tant le chenal auquel ils s'astreignent contrevient à la logique du paysage, tant les formes géométriques qu'ils décrivent s'acharnent à ne jamais épouser celles de la roche. Il y a la mer, grise et sèche, qui tente inlassablement d'anéantir la côte, l'obstination du ressac, du même rythme que la ronde des oiseaux, qui vous pétrifie d'abrutissement. C'est un spectacle de démolition permanente auquel on a fini par s'habituer, comme si le drame qui advenait, la morsure des falaises, leur destruction programmée, n'avait jamais lieu, qu'il s'agissait seulement d'une mise en scène d'éléments de décor. Il y a, à quelques centaines de mètres de là, une rivière gelée, et l'on distingue mal la nature de cette forme opaline qui y flotte en surface, on ne saurait discerner l'éclat du gel et le reflet du ciel; son apparence blanchâtre contraste toutefois avec l'îlot qu'a fini par former le tas de caillasse au milieu du cours d'eau. Ce roulis de cailloux noirs, d'un bruissement comme un rire, ajoute sa chanson aux cris des oiseaux. C'est ici, alors que le ciel devient inexistant, qu'il est la brume tombant sur la pente herbeuse comme la longue barbe d'un dieu, que l'on va percevoir ce *kyrrð*, que l'on entendra très distinctement le son de ce silence. Le mot désigne autant le calme très concret que la quiétude mentale, mais il sait aussi se remplir du tumulte. Lorsque le ciel n'est plus – ou, que, au contraire, il est si bas qu'il existe trop et envahit la terre, enrobe dans son mutisme tout le bourdonnement existant –, le silence est plein. Car cette tranquillité est peuplée de rumeur; le vent, l'eau, les oiseaux ont triomphé des hommes qui désertent d'ailleurs cet endroit, le craignent pour les esprits qui le peuplent, suspectant cette nuée blanche d'abriter plus fort qu'eux.

Avant de rentrer chez moi, nous prîmes soin de nous perdre. La lune était pleine, comme un pois de phosphore éclairant notre errance. J'ignore si ce soir-là il m'a parlé des fjords, ou si ce discours s'est au contraire échafaudé par accumulation, substance évanescente, solidifiant le rêve comme une enluminure qui aurait pris le pas sur le souvenir. Le quartier était calme. Je l'écoutais parler, nous marchions côte à côte. C'est là-bas qu'il demeure, qu'il cherche à demeurer, qu'il demeurera sans doute toute sa vie, même quand il est ailleurs, à Paris, à Belleville. Là où il sent que, paradoxalement, il est aussi inutile qu'à sa place. Le paysage s'anime d'un souffle dont il n'est que le légataire, il s'abreuve de sa force vive comme un agneau sous la mère. Gestur ne se sent vivant qu'en ces lieux où l'homme n'est pas désiré, sur ces prés verts lissés par le vent qui applique sa méthode qui est aussi un mystère, modèle et remodèle sans cesse la terre qu'on foule aux pieds. La langue de Gessi a rendu le vent maître du chamboulement, il porte tant de noms (*logn, andvari, gola, gjóla, kaldi, stinningskaldi, hvassviðri, rok, kári*, etc.) qu'on en oublie l'existence des pays où il ne sait comment exercer sa vigueur.

Là-bas, il n'y a personne. Vous pouvez crier, pleurer, appeler les vôtres ou même les maudire, personne ne vous entend. Vous êtes enfermés dehors, jetés hors du monde des hommes. Vous pouvez mourir d'isolation, mourir sans que personne ne l'apprenne. Il n'y aura que des fulmars et des sternes arctiques pour vous pleurer, et quelques macareux vous approchent sans crainte, comme si votre présence n'était pas inquiétante car au fond elle ne l'est plus, vous avez été fossilisé bien avant d'en avoir pris conscience. Vous n'êtes plus rien. Vous pouvez, enfin, disparaître entièrement, il oublie que cela est encore possible (mais évidemment son portable ne passe pas aux confins du nord-ouest, et Internet n'y est qu'un lointain souvenir) ; il l'oublie parfois, et en y resongeant cela le réconforte. Oui, lorsque la nuit tombe sur les hautes falaises du Látrabjarg, la brume blanche s'abat comme une désolation qui est aussi un réconfort, c'est l'avènement du Ciel sur la Terre. Il l'applique sur lui comme un baume, et la perspective vertigineuse de demeurer là-bas le réjouit comme on se vautre, à quinze ans, dans une version comestible du nihilisme. Gestur s'imagine un jour vivre ici en secret, c'est-à-dire, concrètement, y mourir tranquillement.

Un peu plus loin, la côte se peuple, quelques humains s'échinent là à survivre. Ils ont déserté la péninsule du Strandir depuis longtemps déjà, et l'ont abandonnée aux oiseaux et aux fleurs et s'agglutinent maintenant en coalitions de fortune un peu plus au sud, dans le renfoncement des autres fjords. C'est, sur la carte, comme la main d'un monstre aux doigts loqueteux; c'est là qu'est leur refuge – ils n'en ont seulement pas d'autre. Les maisons de tôle colorées des villages de la côte forment un chapelet de localités minables et poissonneuses qui ont pour elles l'orgueil de n'avoir pas été emportées par les flots. Les couleurs vives de ces habitacles cherchent en vain à compenser l'ennui qui tombe du ciel. Un long clocher rouge fait face à l'horizon, mais quelque chose annule ce dernier recours à l'optimisme, la mer semble un lac, le point de vue est entravé. Une montagne noire et nue se dresse juste devant le village par-delà ce bras de mer; dans un chapelet de culs-de-sac, le labyrinthe des fjords vient rappeler aux habitants qu'ils n'auront jamais le dernier mot, qu'ils ne maîtriseront jamais quoi que ce soit sur leur île de malheur. Le modeste port de pêche attenant au clocher forme un autre petit lac, du fait cette fois des hommes. Des chalutiers robustes aux flancs oxydés et leurs filets de pêche sont les témoins muets du retour de marins que des naufrages successifs n'ont toujours pas ensevelis. Toute leur économie est là, dans le cordage du chalut, leur fierté et leur raison de vivre. La terre ferme, elle, appartient aux femmes et aux enfants. Les trépassés, dont on convoque le souvenir plus que de raison, sont en mer pour toujours. Au village, les vivants n'habitent pas le présent, ils demeurent entre deux mondes virtuels ; l'un évanoui dans le passé, l'autre encore à venir. Mémoire et divination s'entremêlent alors. Revenus de la pêche, ils fomentent le futur de leurs ouailles en même temps qu'ils songent à leurs ancêtres disparus en mer ; ils racontent des souvenirs devenus des fantasmes à leurs petits-enfants ; leurs existences entières ressemblent à ces récits de revanche prochaine sur les éléments dévastateurs, aux sorts jetés par les sorcières des temps anciens, dont on ranime la présence en faisant mine de les mépriser, en les craignant vraiment. Ils passent tout leur temps libre à entretenir leur progéniture doucement mais fermement dans ce projet sans cesse reporté d'une victoire définitive contre le vent et la pluie. C'est ainsi que, sans doute, tout entière, s'édifia leur nation.

Voici le décor duquel on l'a extrait, d'où vient cet animal. Le biotope de Gestur n'est pas le boulevard de Belleville, avec sa faune bigarrée, densité qui comprime, désordre dégorgeant des bouches du métro, charriant des langues multiples, vendeurs de canard chinois et Juifs tunisiens, porteurs de cabas, de marchandises occultes, d'électroménager, de cartons à dessin, bambins caracolant parmi de grands adultes, parents en perdition qui les cherchent des yeux. Vers le haut de la rue de

Belleville, c'est le village Jourdain aux boutiques de déco, aux cadres de la com, aux bourgeois à poussette. La fourmilière se police, mais Gestur ne jauge rien de l'évolution. Il ne possède ni les codes ni l'historique, ne saurait appliquer ni nostalgie ni amertume rétrospective. Il n'a devant les yeux qu'un tissu urbain, illisible, irrigué d'étrangers. Ils le sont tous entre eux, tous par rapport à lui. À regarder le tenancier du bistrot de l'angle Rébeval-Belleville, spécialité de couscous, servir son café crème au cadre du tertiaire lisant *Libération* installé en terrasse, il parvient malgré tout – car cela saute aux yeux – à ébaucher une conception primaire du rapport de classes. Paris est pourtant un spectacle auquel il ne prend part, les éléments d'un monde barbare dont on ne lève jamais entièrement l'énigme. C'est un tumulte où se perdre, une ivresse qui l'effraie. L'aveuglement qu'il y cultive est un éblouissement, le même qui le fait ignorer la forme des nuages islandais (côtelés, chevelus, tubulaires : les touristes rapportent qu'ils revêtent l'apparence de créatures fantastiques, lui ne les voit même plus). À cet instant, il n'est pas réfugié dans ces Vestfirðir, dans ces fjords de l'ouest. Ni à Vesturbær, le vieux quartier de Reykjavík aux petites maisons de bois aux murs recouverts de tôle colorée. C'est là-bas qu'il habite, où tout le monde se connaît. Là-bas, c'est un pays où tout le monde se ressemble. À la piscine, nus sous la douche, puis dans les bains d'eau chaude, personne ne sait combien vous gagnez. La réussite est si récente que les nantis ressemblent à des pauvres déguisés en riches. Face aux glaciers, face au désert de pierres, ils savent qu'ils ne sont personne.

Là-bas tout est limpide, et tout est éprouvant, mais cette épreuve est celle que la nature impose. Les jours où il fait beau, la lumière est incroyable. On ouvre à peine les yeux. Des nuages imprécis comme des mirages dessinent au ciel des formes, des déesses et des chiens. Comprimée dans les anses, la mer vire au turquoise, serpente longtemps dans un lit de sable jaune, jusqu'à la formation d'un lac salé à proximité duquel broutent des chevaux à la crinière qui barre leurs yeux. On ne voit jamais leur propriétaire et on jurerait qu'il n'existe pas, de même qu'on ne sait pas ce qu'il fabrique avec le tracteur et les trois bidons rouges posés là, non loin de l'enclos. Voici les preuves qu'une activité humaine a cours à cet endroit, et on les scrute pourtant sans se laisser duper. Il n'y a personne, c'est sûr. C'est un paysage en autogestion, d'or, d'émeraude, d'anthracite, à fumerolles par endroits, par endroits érodé. Le soleil a aujourd'hui percé la brume et il a réussi à se hisser au-dessus des montagnes.

Il faut rappeler que, de la fin novembre à la fin janvier, cela n'arrive jamais, je voudrais écrire du fait de la hauteur des sommets les ceignant ; les habitants des fjords sont privés de sa lumière. Car le soleil alors trace une courbe trop basse, les heures du jour n'offrent qu'une semi-obscurité. Il arrive fréquemment qu'à son retour, à la date du *fyrsti sólardagur* (premier jour du soleil), on ne l'aperçoive même pas. Égoïstes, les nuages le retiennent prisonnier. On sert pour l'occasion des crêpes et du café, mais l'émotion n'y est pas. Les enfants, qui attendaient ce rayon de soleil avec impatience, cachent leur déception dans leur gloutonnerie. Il fut l'un de ceux-là, se souvient-il chaque 28 janvier. Sa mère, Jódís, soutient cependant que, lorsqu'elle était petite, c'était la veille que le soleil revenait. C'est sa mémoire qui flanche, à moins que la disposition du village n'ait changé la donne. Peut-être y a-t-il maintenant une ombre supplémentaire, peut-être est-ce à cause des tremblements de terre. Il ne sait pas et, en général, personne ne se dévoue ici pour confirmer ou infirmer ces allégations. Il a peur de la disparition des souvenirs.

Qui gardera la mémoire des paysages des fjords de l'ouest dans lesquels sa mère a passé le plus clair de son existence ? Mémoire vivante, façonnée par les vents, elle ne tient pas Reykjavík en haute estime ; « le Sud », comme elle désigne cette partie du pays, a vraiment beaucoup transigé avec le monde moderne, tant et si bien qu'à présent, plus personne ne sait d'où il vient ni ce que les ancêtres ont accompli. Qui pour répertorier les espèces de plantes, nommer les oiseaux, les étoiles, décrire la tempête aussi bien qu'elle, avec ses mots et ses tournures de phrases, quand elle ne sera plus (la manière qu'elle a, par exemple, de dire que « les nuages préservent le soleil de sa propre joie », ce qui est difficilement traduisible) ? Il faudrait que quelqu'un consigne par écrit ce qui se passe dans les fjords quand il ne se passe rien, avant que sa mère disparaisse, avant l'aplanissement général et l'érosion définitive des identités. Il repense aux Touaregs, ces Islandais du Sud dont le souffle s'amenuise. Il se sent un Touareg dans Belleville ce soir-là, chemine en chaussures de montagne à la droite d'une jeune Française qui n'aura jamais qu'un accès conceptuel à ses considérations. Ça l'éloigne encore de Paris, ça le rapproche de Jódís. Elle, qui aimerait revenir dans le village de son enfance, l'évoque comme s'il s'agissait d'un paradis perdu. Sa mémoire sélective a oublié le froid, l'ennui, la peur pendant la dernière guerre (car il y eut des morts, fait si rare sur cette île investie de Britanniques dès

1940, et puis d'Américains ; des marins du village croisèrent un jour la route d'un sous-marin allemand qui rôdait dans leurs eaux et y laissèrent la vie). Jódís s'est, elle aussi, quoi qu'elle en dise, accoutumée au confort. Maintenant elle marche avec difficulté ; ce n'est plus possible de revenir là-bas. Gessi, lui, s'y rend régulièrement, pour savoir si tout est en ordre. C'est ce qu'elle croit, il vérifie. Il en est pourtant incapable. Il est de la génération d'après, né hors du monde ancien. Elle a coutume de lire l'avenir dans les tasses de café, comme sa mère et sa grand-mère le faisaient avant elle. Cette propension à la magie et à l'autopersuasion dans les mensonges qu'on se fait est le privilège des gens de l'ouest. Jódís a considéré la position des gouttes de café sur le bord de la tasse, et a ainsi prédit à Gessi plusieurs maisons (ce qui n'est pas entièrement faux puisqu'en fin de compte, il en habite plusieurs sans en avoir une seule). Elle demande s'il va un jour s'établir en Islande. Avoir une femme et des enfants. Sur cela, le café ne se prononce pas.

Nous avons remonté la rue des Pyrénées jusqu'au croisement avec la rue de Ménilmontant, que nous avons descendue jusqu'à la rue de l'Ermitage ; nous avons emprunté le passage débouchant sur la rue des Cascades, rejoint la place Henri-Krasucki ; la lune dévoilait tout, les moindres interstices, la nervure des murs fissurés, des vignes vierges, mais nous n'avons rien vu des rues entremêlées de cet ancien hameau. Nous étions tout là-bas, les joues frigorifiées, corps humides et rageurs, entre écume et rochers. Nous ne nous accrochions pas, l'Islande nous agrippait.

Gestur me raccompagne jusqu'à chez moi dans ses chaussures de montagne. Son cœur se tient très loin de la rue de Belleville. Il se trouve quelque part entre Patreksfjörður et Selárdalur, à la source chaude de Pollurinn. Une partie de son corps est à Paris, la part moindre, mentale ; sa véritable enveloppe corporelle gît dans l'un des trois bassins de Pollurinn, avant l'arrivée des touristes. Nous sommes au milieu de la matinée, le soleil s'est levé, c'est-à-dire qu'il s'est enfin élevé au-dessus des montagnes ; ce n'est pourtant pas encore le 28 janvier, mais son empressement de jeunesse le rattrape, Gestur veut le voir tout de suite. Il est parvenu à la source sous son rayonnement faible, sa lueur blanche sans chaleur le terrasse de consolation. Il a sillonné la route gravillonnée 617 dans son gigantesque *Arctic truck* – le genre de char d'assaut dont l'acquisition nous ridiculiserait. Il n'y a personne dehors, et la froidure de son corps s'auréole de vapeur. La neige strie de rides blanches les sommets d'en face, l'air qui pénètre dans la gorge la tranche. Il est rentré dans le bain d'un frisson, puis il s'y recroqueville comme un fœtus. Il pourrait rester ici des heures durant, juste la tête qui dépasse du bain chaud, à écouter bruire la terre, et le monde fonctionner sans nous, à constater que le concours des hommes lui est parfaitement inutile et que notre existence est superfétatoire.

Qui peut se prévaloir de vivre
une vie normale ?

Sa nudité, son inutilité

C'est continuellement le même ballet aérien. L'avion qui arrive à Roissy-Charles-de-Gaulle et dépose les voyageurs est aussi celui qui, quelque temps plus tard, repartira pour Keflavík, le ventre plein d'autres individus. Il accuse parfois un retard, modéré à sévère, à cause du verglas sur la piste. Quand le problème survient avec l'avion de six heures, ça déglingue le planning pour une journée entière. À Paris, les passagers piétinent. Les habitués, qui portent un regard fataliste vers la grande baie vitrée de la salle d'embarquement, cherchent du regard les ailes mauve et blanc de l'Airbus de Wow Air, la compagnie low cost islandaise. Ils soupirent et regrettent de ne pas avoir choisi le vol Icelandair. Ils savent qu'il faudra patienter avant que la navette atterrisse, qu'enfin elle les embarque et file de nouveau vers l'Islande pour les accoucher là-bas d'une nouvelle naissance.

Ils arriveront à Keflavík dans la nuit infinie, leurs yeux mi-clos, endoloris dans la chaleur stupide du long couloir les menant à l'énorme *duty free*. Corridor des merveilles aux murs desquels de grands panneaux publicitaires vantent les mérites d'excursions sur les glaciers et de bains chauds naturels. Un autre, assez large, met en scène une famille islandaise traditionnelle, emmitouflée dans des *lopapeysas*, ces grosses laines tricotées à la main aux motifs floraux ou géométriques. Le père, la mère, la fille et le fils se tiennent devant une chute d'eau. Ensemble, ils dégustent du *skyr*, préparation laitière protéinée à l'allure de yaourt. Cela respire l'entente et la bonne santé, une certaine harmonie se dégage du visuel (harmonie entre les membres de la famille, et de cette famille avec la nature). Ils sont élevés en plein air, de véritables poulets bio. L'islandité se pose là, au détour d'un couloir de l'aéroport international, c'est l'idée qu'on s'en fait, rassurante, enfantine, celle d'une pureté, d'une douceur de vivre à jamais disparues sous nos latitudes. Fraîchement débarqués, les touristes français, jusqu'aux plus progressistes, consentent, et de manière assez troublante, à la poésie simpliste délivrée par l'image de cette famille monoethnique et hétérosexuelle. Ils respecteront ces traditions comme ils ont validé la destruction des leurs, dans l'impunité d'une candeur retrouvée.

Ou ce sera de jour, sous cette lumière blafarde parfaitement illogique des mois de juin et juillet, dans un couchant qui dure jusqu'au matin suivant, qu'ils débarqueront là. La nuit avait débuté, ils l'avaient aperçue par le hublot de l'avion, mais juste après avoir survolé l'Écosse, ou peut-être en passant vers les îles Féroé, le soleil est revenu. Parce qu'on recule dans le temps, vers l'ouest, puis qu'on monte vers le nord. C'est une chose étonnante qui les dérange un peu, car il n'y a plus de place pour le mystère alors, et ils auront sans doute moins de complaisance pour ce qui se présentera sous leurs yeux. Sur le parking de l'aéroport, tout est gris. L'œuf en acier poli, planté sur son nid de pierres, d'où dépasse le bec d'un Concorde, ainsi que, juste derrière, l'arc-en-ciel de métal multicolore leur laisseront une impression de mauvais goût. C'est peut-être un autre humour, qu'on ne comprend pas. Ils rouleront ensuite entre chien et loup sur la route 41 qui longe l'océan et qui les mènera jusqu'à Reykjavík ; la mer ressemblera à de l'aluminium, le ciel sera violacé. Le champ de lave leur apparaîtra clairement dans sa nudité, son inutilité. Ce crépuscule morbide durera toute la nuit. Ils voudront encore croire qu'ils trouveront ici l'authenticité à laquelle ils aspirent. Entre la mer et la route, des fumerolles exfiltrées de crevasses indiqueront çà et là le bouillonnement sous-jacent de l'eau chaude en latence ou du dioxyde de soufre, parvenant par endroits à transpercer cette mousse qui couvre d'un manteau sombre la pierre volcanique, ce qui achèvera de les inquiéter. Où donc ont-ils échoué ?

Le malaise éprouvé dans ces grands espaces est une forme pernicieuse de mal du pays. On l'éprouve sans délai, à peine débarqué. La sensation d'enfermement est paradoxale mais presque immédiatement ressentie. En Islande, on est tout de suite enfermés dehors. Une existence entière lovée dans d'urbains interstices, le recoin des bistrots, des bibliothèques, des mezzanines de studio, ou à l'abri de platanes disposés en cortèges, sécurisée par des parapets balnéaires, des clôtures, des rampes en tout genre, des motifs sculptés, des moulures complaisantes, une vie clôturée, oui, et puis ces voyageurs découvrent ce qu'il en est du vide et de l'absence de perspective. Il n'y a ici ni arbre ni habitation, rien, juste quelques camps « cigarettes » à l'allure oxydée, l'habitacle des GIs pendant la guerre mondiale, vestiges de leur occupation reconvertis en hangars agricoles ou laissés à l'abandon. Dans le vertige que donne la perte des échelles, des volumes, de la vie, les touristes essaient d'accrocher leur regard à un objet animé, sans succès. La route goudronnée, seule, les rattache à la civilisation. C'est, avec la voiture, son unique émanation. Ils sont parvenus à Reykjavík en passant par Garðabær, ont alors aperçu les maisons bien rangées, pratiquement identiques, de cette banlieue cossue, et puis celles ridicules des anciens millionnaires, les *winners* d'avant la crise de 2008, à la mise prétentieuse et laide ; le tout leur semble alors terriblement ennuyeux. Le cafard est total. Ils veulent sortir maintenant, ils veulent rentrer chez eux.

« Combien peut-on en perdre ? Déjà la moitié, ce serait une bonne chose », songe Gestur. Et ce n'est pas par cruauté qu'il a ce genre de pensées. Car il ajoute, à voix haute si possible, que « ce sont les meilleurs qui restent ». Il aimerait que personne ne débarque jamais en Islande, mais dans le même temps, il pense avoir tort. Parce que ce sont les touristes qui ont sorti l'île de sa torpeur provinciale, et qui ont redressé l'économie. Cette question n'est donc pas tranchée : le tourisme le dégoûte, le tourisme le rassure ; il a pour ces personnes autant de reconnaissance que de répugnance, l'opération s'annule. Ce qu'il saisit de l'effroi de tous ces *backpackers*, c'est qu'ici ils redécouvrent le danger de la mort. C'est la mort par brûlure, noyade, éboulement, ou par isolation (mort de faim ou de froid) qui se présente à eux. Depuis qu'ils ont envahi l'Islande, nécessité fait loi : on a dû installer des pancartes pour prévenir du danger, pour indiquer la mort, dire le risque de chute aux abords des cascades. Pour tout le monde ici, la mort imprime sa marque évidente sur la nature, on est donc habitués à s'en prémunir. Pas les étrangers.

C'était toujours l'inverse pour Gessi quand il arrivait à Roissy Charles-de-Gaulle avec l'Airbus de Wow, chaque fois il retrouvait les habitants invincibles des latitudes clémentes et domestiquées. Dans leur tout autre monde, les Français ne craignaient rien. La nature ne comptait pas. Ce pays avait tout. La douceur du climat leur avait permis la fondation d'une architecture, d'une gastronomie et d'une pensée critique. Leurs vaccins mentaux lui semblaient seulement dirigés contre eux-mêmes. Ils disposaient ainsi de toutes sortes de pancartes, de mœurs ou d'articles de loi pour ne pas se parler, ne pas se mélanger et ne pas s'entendre. En France, la tradition la plus ancrée, celle qui sautait aux yeux, était de se diviser. En clans, communautés, groupes sociaux, régionaux, politiques. Une bataille rangée permanente régnait dans les esprits, même superficiellement, pour rire, parodier, vendre des films ou des romans, gagner des élections, et même pour défendre les idées les plus nobles. C'était aussi prégnant que ce que Gessi nommait l'« art ordinaire des fenêtres ». Il appréciait l'atour et la délicatesse des fenêtres françaises ; des ornements sertissaient presque toujours les baies et les lucarnes, et les balcons parfois ; des volets venaient compléter le tableau. Les fenêtres du Nord, régulièrement divisées en quatre carreaux, n'avaient aucun attrait, et presque toujours leurs rebords étaient lisses. Elles n'étaient rien que des ouvertures. En Islande on n'avait jamais construit aucune maison qui disposât de volets, ça n'aurait traversé l'esprit de personne, de prévoir ces œillères aux vitres des maisons. Était-ce à cause du manque de lumière qui affectait les habitants de l'île une bonne moitié de l'année ? N'était-ce pas, plutôt, d'un excès de luthérianisme, la volonté concrète d'une transparence morale ? Était-ce tout simplement qu'on n'en voyait pas l'intérêt ?

Gestur aimait la France, plus que les Français eux-mêmes (c'était ce qu'il ressentait). Il aimait la France souvent plus que l'Islande, petite planète recluse aux confins de la civilisation et qui vendait son âme pour quelques visiteurs. Il arrivait parfois sans avoir dormi, en quête d'un logement, sale et mal rasé. Il avait besoin de boire, de manger et d'aller aux toilettes, mais s'attarder sur les fenêtres des immeubles haussmanniens lui faisait oublier ces infortunes. Bien des années après son premier aller-retour, il était animé du même sentiment euphorique et plaisant, la capitale française lui rendait le sourire. À la lumière de ce qu'il vivait, il comprenait pourquoi les touristes du monde entier y affluaient avec enthousiasme, éternellement ébahis devant les mêmes monuments, les mêmes panoramas. Contrairement à l'Islande, la sélection de touristes y était à peu près inexistante.

Mais lorsque le RER B entrait dans la gare du Nord depuis l'aéroport, exposant l'envers des immeubles comme les dessous d'une capitale en guenilles, contre-spectacle honteux fait de murs sans fenêtre, de graffitis, de barbelés, c'était une doublure de la gloire, la défection de son fantasme français. Une vue originale du Sacré-Cœur, que l'on apercevait depuis le chemin de fer, lui indiquait son retour à Paris, dont il avait douté tout le temps du trajet, dont il doutait encore arrivé à la gare. Ici, une foule violente, cacophonique, loqueteuse le prenait à partie. La horde de banlieusards, de types en déshérence, de pauvres débarqués là dans un but précis mais mystérieux pour les autres, avait déferlé sur les derniers bastions de sa tranquillité. Dans Paris, la guerre de tous contre tous était saillante, l'on vendait et l'on s'apostrophait, l'Afrique subsaharienne avait son royaume trouble, étendu sur les Xe et XVIIIe arrondissements. La ligne 2 du métro était aérienne mais on y suffoquait ; un troupeau dans les airs, de la sueur et du bruit. Cette promenade parisienne révélait au grand jour une pauvreté polymorphe. Celle-ci avait sauté aux yeux de Gestur, un jour de l'année précédente où un Pakistanais, les bras manifestement trop chargés au moment de s'engouffrer dans le métro, avait laissé tomber toute une cargaison de shampoings. Accroupi, il s'était épuisé à rassembler ses denrées qui roulaient sur le quai et s'étaient renversées. Des coulées blanchâtres se répandaient aussi sur des manches de blousons, gouttaient sur les bas de jeans, et leurs propriétaires avaient encerclé le pauvre homme qui avait essuyé insultes et crachats. Des mains savonneuses l'avaient harponné, on l'avait traîné par le col et on l'avait maudit. C'était la France, pays sanguin, dangereux.

Il reprit contact la première semaine de février. J'avais pensé à lui pour ainsi dire tout le temps. « Gestur », je me disais ; « Gestur », je répétais. Une hâte transissait l'ordinaire de mes jours. Sa voix me revenait sans cesse et ce détail amusant, ses chaussures de montagne dans la rue de Belleville. Mais je n'avais rien fait pour le revoir vraiment, car je n'entendais rien à ses déplacements ; naïve, j'attendais que tout devienne plus simple – ce ne fut jamais le cas. Cette fois il avait trouvé une piaule pas loin des Grands Boulevards. L'endroit était bruyant, crasseux, malodorant (des poulets à la broche tournaient sous sa fenêtre du matin au soir, une sensation d'écœurement le prenait dès le début du jour), il consentait à cette violence et à cette promiscuité au nom de l'exotisme que représentait pour lui le fait de se trouver là. Il trouvait ça parfait, il trouvait ça Paris. Sans penser que c'était lui, l'élément exogène, l'élément positif de ce quotidien blafard que nous vivions alors. Selon les députés, la menace terroriste était « plus élevée que jamais », l'état d'urgence venait d'être prolongé pour trois mois. Gestur ne voyait pas, ne se confrontait pas à cette actualité. Il ne voyait pas les soldats arme au poing à la gare du Nord quand il y transitait. Il ne lisait pas la peur qui s'abattait sur nous, ce n'était pas cela que captait son regard, la guerre des précautions et des suppositions. Lorsqu'il m'écrivit un message pour me demander si je lui ferais l'honneur d'accepter son invitation à dîner, il me laissa la charge de décider d'une date et d'un lieu. Mais il ne se présenta pas à l'heure du rendez-vous ni à l'endroit indiqué, il envoya un SMS pour dire qu'il était perdu. Je lui indiquai, comme je le pus, la direction à prendre. Comme je marchais à sa rencontre sur le boulevard de Ménilmontant, je l'aperçus mais détournai rapidement le regard, afin qu'il me trouve la première. Précaution émouvante, j'avais eu le temps de le voir enlever ses lunettes avant de marcher vers moi. Comme un morceau de lande islandaise égarée dans Paris, Gestur semblait détouré du décor principal, ne correspondait pas. Il était vulnérable, un touriste pas au courant. Il aurait fallu une signalisation spécifique pour Gestur dans Paris, contre les Français et leurs polémiques, les rues et les cafés. Gessi et son innocence pouvaient mourir. Après avoir placé ses lunettes dans la poche de son manteau, il passa une main dans ses cheveux avant de traverser et, enfin, de m'accoster.

L'établissement auquel j'avais songé, nous allions nous en rendre compte, avait disparu depuis la dernière fois que je m'y étais rendue. À l'aveugle, nous cherchâmes une solution de rechange. Nous naviguions dans le froid et la nuit, le long du cimetière du Père-Lachaise. Je me rappelai soudain un restaurant dans lequel j'étais venue dîner deux mois auparavant. Le lieu était désert quand nous y arrivâmes. C'était une table sophistiquée de fusion franco-vietnamienne, aux mets relativement recherchés. Cette soirée-là ne me laisse aucun souvenir notable. Je ne me rappelle rien, mais l'endroit cependant subsiste dans ma mémoire, car il habite désormais le présent. Chaque matin, en accompagnant notre enfant à la crèche, je passe devant sa baie vitrée à l'angle de la rue du Liban et de la rue des Maronites. Erling et moi saluons le chat blanc et brun qui campe à la fenêtre d'à côté. J'immobilise la poussette un moment, je présente le chat à l'enfant, qu'il me montre du doigt, inlassablement.

Je m'autorisai à penser que Gestur voulait de moi. Sans quoi il ne m'aurait pas invitée à dîner, sans quoi nous n'échangerions pas des e-mails chaque jour. Il y avait quelque chose, c'était évident. Mais le réaffirmer admettait l'existence d'un doute. Je ne savais rien des règles, des implicites culturels régissant son abord des femmes. J'avais passé du temps à l'écouter, mais je ne savais rien de lui. Et puis, il accepta de venir prendre le thé chez moi. C'était un consentement. Il resta jusqu'à tard et il parla beaucoup. Il se lança dans des récits interminables à propos de son enfance. Ces récits étaient aussi exotiques que ce dont ils traitaient, ils traînaient en longueur et ne se souciaient pas de l'attention requise (Gestur fit remarquer qu'en France on se coupait sans cesse la parole). Un peu plus tard, je lui servis la soupe que j'avais préparée pour lui, il la but sans rien dire dans ma cuisine, en l'accompagnant d'un simple morceau de pain. C'était réconfortant, naturel, agréable. Il me sourit et il me remercia. Sur le pas de la porte, comme un détail qu'il aurait omis dans son grand monologue, je me rapprochai de lui et l'embrassai. Il accepta ce baiser sans tout à fait le rendre, comme il accepta cette relation, sa nudité, son inutilité. Il accepta de compter pour moi, il accepta d'entrer dans ma vie. Il accepta de ne pas être l'acteur de cette configuration, et d'en être le spectateur. Il le fut jusqu'au bout, à la naissance de notre fils, et jusqu'à notre rupture, qu'il accepta aussi de très bonne grâce. Jusqu'à l'étrange accord qui nous lie à présent, l'entente autour d'Erling. Il accepte mon pardon, accepte cette affection, cette amitié particulière. Il aura, très longtemps, assisté à sa vie.

Dans le secret de leurs tombes

C'était un village constitué d'une quinzaine de maisons, fumantes par temps froid, et l'on avait envie d'y demeurer toujours. Il s'articulait autour d'une grande ferme en tourbe formant un L. Sur ses murs et son toit l'herbe avait repoussé. Le contraste entre le noir de la tourbe et le vert cru des brins d'herbe était saisissant. Cependant la porte était d'un bois sombre, sculptée de nœuds et d'entrelacs à motifs zoomorphes et végétaux. Des serpents, des arcs et des pattes, des langues et des feuilles, dans le style flamboyant de Jelling au Danemark. Une créature centrale qui se tenait dans un cercle, agrippée à sa propre circonférence, ressemblait à un Shiva. Un large enclos aux portes à têtes de dragons délimitait l'espace de cette propriété, au-delà duquel s'organisait un espace commun.

Ici, l'on pouvait apercevoir ces colons scandinaves en costume traditionnel. Certains étaient vêtus d'une cape tenue par une fibule, les hommes arboraient des guêtres de fourrure, les femmes de longues tuniques. Ils avaient des bijoux, qu'ils portaient autour du cou, au poignet, aux bras nus. Rassemblés sur la prairie, ils se livraient à des activités collectives. Réparation de filets de pêche, sculpture sur bois, gravure de runes, travaux de la forge. L'entretien du feu fascinait de petits enfants assis en tailleur. Torse nu et le geste précis, le forgeron martelait des épées encore incandescentes. Des troncs de conifères importés des forêts suédoises avaient servi à l'édification des murs des maisons alentours. Les visiteurs saisissaient là l'essence du peuple viking. On pouvait croire, l'espace d'un instant, vivre aux alentours de l'an 950. Ou, peut-être, deux siècles auparavant. On ne savait plus. Borre, Jelling et Urnes, trois des styles connus de l'art viking à la sophistication différentiée, étaient tout entiers confondus, les périodes s'annulaient. Et où, à quel endroit vivait-on alors ? La tourbe était un matériau utilisé lors de la colonisation de l'Islande puis du Groenland. Le bois des sapins n'avait quasiment servi qu'en Scandinavie ; or les deux techniques cohabitaient dans le village. La reconstruction était totale.

La billetterie et la cafétéria, les toilettes et l'espace vente étaient situés en contrebas de l'ensemble, après la rivière où des femmes essoraient du linge. Au village, on ne distinguait pas le vrai du faux, et si on ne prêtait pas attention à la différence des bâtis et des ornements, on ne décelait pas la supercherie. Ce que l'on cherchait, c'était l'évasion. Gestur errait là, au milieu des maisons, sur le chemin principal distribuant l'accès à ces demeures. Une étrange grimace figeait ses traits. Il y avait un petit carnet dans la poche de sa parka rouge, dans lequel il notait des suggestions d'amélioration, relevait les anachronismes les plus criants. La majeure partie lui était intolérable, mais il tâchait d'abaisser le niveau de ses exigences. Il salua d'un geste amical, appuyé, quasiment douloureux, des figurants vikings qui se trouvaient sous un grand chêne, occupés à brosser leurs longs cheveux épais avant de les assembler en tresses. Certains avaient des barbes immenses, également tressées, dans lesquelles ils fixaient des bijoux en métal. Des mois, et pour d'autres des années, avaient été nécessaires avant de pouvoir obtenir ce résultat bluffant. Gestur soupira puis il reprit sa marche.

Pour le parc de Fuglavík, l'Unesco délivrait un budget annuel de plusieurs centaines de milliers d'euros. Une manne, comparée à la subvention provenant du conseil régional, qui prenait prétexte du fait que Fuglavík était un projet international pour n'injecter que le strict minimum dans le projet. Il avait été initié par un riche propriétaire terrien des environs de Carentan au milieu des années 1980. Un châtelain philanthrope, passionné de culture nordique, désirant cultiver l'atavisme normand. Dans le département de la Manche, nul n'ignorait que la colonisation viking avait laissé des traces. Les noms de localités en portaient les stigmates, façonnés par les évolutions linguistiques, comme une douce érosion dans la bouche de ceux qui les prononçaient. Un arasement similaire opérait sur le relief des visages cotentinais autrefois redoutables. Ces grands marins venus du nord étaient devenus cultivateurs. Désormais, comme partout en France, beaucoup pointaient au chômage, ne votaient plus, accueillaient avec aigreur la dérégulation des marchés, l'augmentation du coût de la vie et l'arrivée de nouveaux immigrants.

Dans le comité scientifique présidant à la bonne marche du parc des Vikings, Gestur Sigmundsson s'illustrait par un scepticisme préoccupant. Il n'était pas de ceux qui s'enthousiasmaient de la vulgarisation de l'histoire. Elles étaient fragiles et précieuses, ces figures personnelles de son imaginaire, elles passaient de main en main dans une indifférence joyeuse qui le rebutait. Ces aventuriers scandinaves, Gessi les voulait pour lui seul, muets pour toujours dans le secret de leurs tombes. Il s'acharnait toutefois à produire d'épais rapports pour le comité. Le dernier en date, tout particulièrement, ne laissait rien passer. Trop d'approximations dans le costume, d'abord. On ne pouvait décemment pas placer ces cornes à boire à la ceinture des hommes, les bovins étaient rares, pour ne pas dire inexistants en Scandinavie (sauf à supposer qu'il se fût agi de vaches écossaises dévolues aux jarls des Orcades ?). Les umbos de boucliers en circulation sur l'ensemble du parc semblaient mérovingiens. En France, les chercheurs eux-mêmes posaient problème. L'année précédente, Gestur avait refusé de diriger la thèse d'une étudiante de Montpellier, qui ambitionnait de traiter des mœurs de table chez les Vikings. « Il n'y a vraiment que les Français pour s'intéresser autant à la nourriture », s'était-il dit à la réception du courriel. Aujourd'hui encore, Gessi prétend qu'on ne peut pas parler de mœurs de table à propos des anciens Scandinaves, car on ne sait rien ou si peu de leurs plats, de leurs ustensiles. En réponse à l'étudiante, Gestur avait affirmé qu'au début du XXe siècle, les Islandais ingéraient encore leur pitance assis au bord de leur lit. Elle n'avait pas insisté.

Lorsqu'il prenait la parole aux réunions du comité, il faisait durer ses interventions, une provocation puérile et jouissive. Il s'était attiré les foudres d'une historienne et d'un paléontologue, deux Danois qui ne supportaient plus ses saillies rabat-joie. L'homme était roux, avec une tête de petit félin. Il s'appelait Morten et souriait bêtement pour le désarçonner. La fille était plus jeune, un peu moins sûre d'elle, un peu stupide aussi. L'histoire n'existait, selon elle, que pour être livrée en pâture à des hordes de collégiens ignares. Une véritable nausée s'emparait de Gessi en l'écoutant présenter les fascicules qu'elle rédigeait et qui se vendraient ensuite comme des petits pains dans la boutique de souvenirs. Kirsten travaillait avec un illustrateur qui fantasmait totalement l'accoutrement des Nordiques du xᵉ siècle. En plus de leur imaginer des semelles (en caoutchouc, pourquoi pas ? Au point où nous en sommes…), il avait maintenu les umbos anachroniques de boucliers mérovingiens sur ses dessins.

— Je regrette, contestait Kirsten, mais la typologie est exacte : nous nous fondons sur des modèles datés de 600, et visibles au musée de l'armement scandinave à Oslo.

— Soit un artefact en décalage d'au moins deux siècles avec la période qui nous intéresse. Cela me paraît pour le moins problématique, non ?

Gestur était impitoyable. À cette assemblée béate, il martelait qu'on ne disposait pas de connaissances suffisantes pour déterminer avec justesse la nature de l'accoutrement des anciens Scandinaves. On ne l'écoutait pas. On voulait vendre du rêve, et on y arriverait. Les figurants du parc ressemblaient à des héros sortis de l'imagination de Tolkien ? Tant mieux pour eux.

Smoke, smoke, smoke

À bord de ce TER blasonné des deux léopards normands qu'il attrapa au retour, il pensa peut-être à moi. Je n'avais pu qu'en faire la supposition car il ne m'a rien dit, ni sur le moment, par message ou appel, ni en me retrouvant. Il n'a pas raconté ce qu'il avait éprouvé pendant ce long périple de Reykjavík à Fuglavík, ni à bord du Paris-Caen et du Caen-Carentan, ni dans le sens inverse. Son esprit était une chambre secrète, impénétrable, dont le mystère menaçait. Qu'avait-il en tête au moment de me rejoindre, après trois semaines d'absence ? Avait-il pensé, l'espace d'un instant, à ajourner son séjour normand ? De retour d'Islande, il n'avait fait que traverser Paris ; sous une pluie battante, il avait rejoint la gare Saint-Lazare, point de départ d'une nouvelle trajectoire jusqu'au village viking (il a toujours multiplié les allers et retours, organisé le clivage entre ses différentes existences; cela lui permet paradoxalement de cultiver une cohérence, il renvoie à ses interlocuteurs une sensation d'harmonie, celle que l'on attribue abusivement à l'atypicité d'un mode de vie bohème, empreint pour nous de romantisme ou de nouveauté, de magie même, uniquement parce qu'il nous est inconnu, et que nous n'en décelons ni l'égoïsme ni le caractère misérable).

Nous nous étions étreints et nous avions dormi l'un à côté de l'autre quelques nuits seulement. J'avais eu la sensation d'effleurer un corps, je n'agrippais rien. Puis il avait quitté la France, laissé un vide dans l'ébauche d'une connaissance, et ces croquis d'espoir avaient cristallisé (on aime surtout Gestur en son absence, c'est l'absence qui laisse de l'espace au sentiment et lui permet de croître comme une mauvaise herbe; ses bases sont tronquées et l'amour prospère sur un réel carencé, une privation de chair). Le soir qui avait précédé son envol, nous étions attablés dans un bar du boulevard de Ménilmontant, sans trop savoir pourquoi le boulevard devenait notre espace – il le reste aujourd'hui dans une moindre mesure : c'est désormais surtout le boulevard de notre enfant, qui se réjouit devant la parade que s'y livrent les bus 96 et 71. J'avais déjà senti la force de cette déprise ; je ne maîtrisais rien. Je tentais de rassembler des éléments justifiant la naissance d'un sentiment profond, qui me paraissait authentique, mais c'était cette recherche même qui l'avait forgé ; j'avais aimé pour rien, pour ne pas perdre, pour me rappeler. Le nez, les yeux, les mains de Gestur, l'expression de son sourire allaient disparaître. J'avais peur d'oublier son visage. C'est la raison pour laquelle j'ai pris ces photographies ce soir-là, lui devant sa bière, dans une marinière hors du temps. Sur les photos, il apparaît flatté par l'importance qu'on lui accorde, et les cheveux bien coupés, la face plus émaciée qu'elle ne l'est aujourd'hui, le corps plus svelte. C'était encore la période où il était inscrit dans plusieurs salles de sport, une dans chaque lieu traversé ; en plus des multiples trousseaux de clés qu'il transportait, de ces devises en petite monnaie marquées de poissons et de blasons, ces billets roses ou bleus à la gloire d'écrivains inconnus, d'hommes d'Église inquiétants, il y avait tout cet arsenal de cartes de fidélité, d'appartenances diverses, qu'il gardait toujours sur lui.

Les photographies prises le soir précédant nos premiers au revoir n'avaient pas empêché le manque. Je l'exprimai sans détour le lendemain de son départ, je le lui écrivis. « Ne crains rien, avait-il répondu, écris-moi tout ce qui te passe par la tête. Je ne vais pas disparaître, tu ne me perds pas. Tout message de ta part – court, long, télépathique, virtuel, message de fumée – me rendra heureux. J'espère que nous poursuivrons ce que nous avons à poursuivre, et puis que ça ne t'effraie pas si je t'avoue que tu manques à tous mes instants. Aujourd'hui j'ai passé une journée pas facile. J'avais le sentiment d'être un étranger dans mon propre pays. Or je me sentais chez moi dans ton appartement. Tout d'un coup, je retrouve l'hiver interminable, la glace sur les parkings, la nuit, et je déteste ça. C'est difficile à expliquer, j'ai eu l'impression de repartir de France pour la première fois. Cela a quelque chose à voir avec le sentiment d'attachement. Cette rupture m'est brutale. » Il avait écrit en anglais, langue dont il maîtrise l'orthographe, quand celle du français l'invalide tant. (Il fait du français à l'écrit un usage plus que parcimonieux. Soumettant ses affects à la traduction, il n'est pas sans ignorer leur altération, le caractère émoussé, trompeur, de leur réception.)

Sa prose, au départ prolixe, expansive même, vint à se raréfier. Je tentai d'adapter mes attentes à cette avarice. Je calculai le moment où j'allais lui écrire, j'affinai, repris mon message, enfin je l'envoyai. Je passai, par la suite, des journées entières à attendre ses réponses. J'attendis. Pour quelle raison Gestur me tenait-il à distance, quelle était la valeur de cet éloignement ? Je l'ignorais alors, mais à ces questions-là, il n'y aurait pas de réponses. Rester inaccessible n'était pas un calcul, cela ne correspondait pas à une stratégie. Ce n'était pas de l'indifférence, pas non plus de la méchanceté, c'était seulement l'expression d'une nécessité, celle de rester hors d'atteinte. Redouter l'usage du téléphone, partager sa vie entre plusieurs pays, employer l'anglais à l'écrit et, même, parler français avec cet accent si étrange, qui ne ressemble à aucun autre, autant d'éléments qui sacralisent la distance et sans cesse la renforcent, et ce pouvoir lui offre une protection durable.

Le premier numéro du magazine d'Alexandre et Côme avait paru. J'étais allée acheter *Notre France* en kiosque. Cette lecture du dimanche se présenta comme un dérivatif, me détournant aussi du flot incessant de mauvaises nouvelles. Certaines n'étaient ni spécialement bonnes ni spécialement mauvaises, mais toutes provoquaient une immense lassitude. De temps à autre, un message me parvenait depuis Reykjavík. Neutre et descriptif, il m'emmenait pourtant loin et je m'en abreuvais. Sans m'en rendre compte, j'attribuais à la présence de Gessi dans ma vie, à la présence de l'Islande, la fonction d'une échappatoire. Protégé par les kilomètres d'océan et la fréquence de ses voyages, Gestur appelait lui-même ce déni de réel. Il m'écrivait attendre avec impatience le retour des macareux moines sur les côtes de l'île, ces oiseaux marins au bec coloré qui, comme chaque année, allaient affluer par nuées. Ils y demeureraient jusqu'à la mi-août, et puis ils repartiraient en même temps que les baleines, vers des contrées plus chaudes. Le macareux revenait dans le nord de l'Atlantique pour s'y accoupler et nourrir ses petits. Il était devenu l'un des emblèmes du pays mais c'était un emblème pour touristes, et l'on en délivrait des copies en peluche dans toutes les boutiques de souvenirs que comptait la capitale.

Pour l'heure, l'hiver tenait bon. Il était encore tombé une bonne couche de neige la semaine précédente, et cela rendait un grand nombre de routes intérieures impraticables (ces routes non goudronnées, ces sentiers justifiant l'acquisition de 4 × 4). La neige, génériquement connue sous le nom de *snær*, devenait *mjöll* quand elle venait tout juste de tomber – elle avait tant de noms, c'était la sœur du vent ; un proverbe prétendait qu'il y avait plus de cent manières d'en parler. L'autre jour, en se rendant dans le Bláskógabyggð, la municipalité des forêts bleues, où il effectuait une prospection d'archéologie préventive, Gestur avait dû sortir du véhicule et rabattre la neige sur les côtés à l'aide d'une pelle. Il gardait toujours cette pelle avec lui, dans le coffre du truck. La neige, notait-il, avait un tel pouvoir réfléchissant qu'elle devenait elle-même une source de lumière. Il suffisait d'allumer les phares d'un véhicule pour éclairer un large périmètre. Le reflet oscillait entre le bleu et le blanc, comme un ciel inversé. Cependant, les jours rallongeaient. Dans la lenteur septentrionale de la tombée du jour, tombée interminable sur de la neige fondue – cette neige-là s'appelait *krap*, et parfois aussi *blotasnjór* –, Gestur se languissait du regain de la nature.

Lorsque mon téléphone indiqua la réception d'un SMS, il afficha « *smoke, smoke, smoke* », en référence aux messages de fumée qu'il m'avait encouragé à lui envoyer par-delà l'Atlantique. Plus tard, j'ai découvert l'existence de Tex Williams et du blues parlé qui portait ce titre-là, et je me suis demandé si Gestur en avait eu connaissance, sans toutefois jamais lui poser la question. J'avais le plus possible amenuisé le contact, de peur de le déranger (j'aurais très longtemps peur de déranger Gestur Sigmundsson, jusqu'à comprendre un jour qu'il n'y a pas matière à se questionner, le déranger étant la seule manière de l'atteindre). Il avait pris une chambre pour travailler non loin de mon appartement, il voudrait cependant venir dormir avec moi. Il m'avait rapporté des offrandes enfantines, deux ou trois bricoles provenant d'un outre-monde, morceaux de poisson séché et bonbons à la réglisse, ainsi qu'un porte-clés déclinant des symboles magiques de l'Islande médiévale (*Ægishjálmur, Brýnslustafir* et *Rosahringur minni*). Il ouvrit grand ses bras sur le pas de la porte. Fils prodigue sans cesse revenu, fugitif sans cesse échappé, il deviendrait bientôt le maître d'un cycle où longtemps s'alterneraient des larmes de joie et des larmes de tristesse. Je n'ai jamais autant pleuré de ma vie qu'avec Gestur. Le jour où j'ai cessé de pleurer en le quittant, ou en le retrouvant, j'ai changé de relation, ces trous d'air sont devenus la normalité, la constitution même de notre accord, et c'est là le probable point de bascule, le moment du déclin de notre amour. Malgré les bizarreries que son rythme, que les signes ou les non-signes donnés et reçus, que nos vies en parallèle nous imposaient, fidèles dans nos présences comme dans nos absences, amants épistolaires, amis télépathiques et parfois étrangers jusqu'en l'espace d'une chambre, nous ne regrettons rien de ce qui est advenu.

Le lendemain de son retour, nous marchâmes dans les rues du Ve arrondissement, jusqu'au café jouxtant l'église Saint-Médard. Les caractères des noms de plats inscrits sur le côté extérieur de la vitre du café semblaient, lus à l'envers, des lettres arméniennes. À quelques mètres de nous, il y avait ce couple qui s'enlaçait sur une banquette rouge foncé. La fille demandait au type s'il se sentait prêt à venir habiter avec elle. Le garçon ne disait rien. C'étaient des étudiants ou peut-être des thésards, de ces doctorants à qui il est difficile de donner un âge, un panaché tranquille d'usure intellectuelle et de virginité. Ils semblaient frappés d'une jeunesse éprouvée, comme d'une maladie, quelque chose dans leurs yeux perdait de son efficience, l'existence diminuait. Le mutisme du garçon fit monter les larmes aux yeux de la fille. « Tu m'aimes ? demandait-elle en une supplication. Dis-moi juste si tu m'aimes… » Il ne répondit pas, et l'embrassa seulement. Nous nous tenions à leur droite, un peu en décalé. Nous étions concentrés sur eux, leur présence nous parvenait dans une sensualité, une indiscrétion qui renvoyait aussi à Gessi et à moi, au couple que nous formions, à la représentation que le monde s'en faisait. Étions-nous cela, nous aussi ? Si, à l'inverse de ce qui se passait là, les amoureux de la banquette avaient voulu nous observer, écouter ce que nous nous disions, ils n'auraient rien pu déceler. À l'extérieur, Gestur se refusait au moindre geste tendre, mais je ne pouvais m'empêcher de penser que je percevais mal ce que je vivais alors. Ce devait être cela, la tendresse, cette retenue, ce trouble que nous partagions d'être l'un avec l'autre, c'en était déjà. Il enfouit son visage tout entier dans sa pinte de bière sans plus leur prêter attention. J'avais envie d'être avec lui, d'être à lui.

Mythologie

Gestur semblait m'aimer. Mais ce qu'il aimait en moi, c'était ma différence. C'étaient mes yeux noisette, à la forme d'amande, au reflet mordoré, qui l'étonnaient le plus. Il les associait à certains yeux perdus dans la famille de sa mère. On savait – mais on le savait sans pouvoir exactement le prouver ; dès lors, on s'autorisait à laisser un grand rêve vérace pénétrer une réalité décevante – que les pêcheurs bretons et basques qui avaient maraudé pendant des siècles le long des Vestfirðir s'y étaient également établis. « Ce n'est pas tant sur leur présence que prospère le fantasme car là, une fois encore, on détient bêtement les traces historiques de leurs activités », m'expliquait-il. Non, ce que l'on se plaisait à imaginer, c'est qu'ils étaient restés là, qu'ils avaient aimé des femmes et conçu des enfants. On en faisait des poèmes, des récits, des chansons. Ces antiennes évoquent les visiteurs du Sud comme une marée récalcitrante, récurant l'esprit comme le sel ronge le basalte. On chante les yeux marron perdus de ces matelots bruns, dispersés sur les fjords à travers les siècles. « Il y a que, tout de même, les Basques volaient notre poisson et nos plus belles femmes, plaide une Jódís sûre de son droit ; il est juste qu'ils nous aient légué quelque chose en échange, je veux dire des yeux, à certains d'entre nous, des yeux noirs ou marron. » Mes yeux n'étaient pourtant ni bretons ni basques. Latins, communs, et même insignifiants, ils étaient pour Gestur ce gage de fantaisie qui manquait à sa vie.

Je n'ai pas vu le quotidien changer tout de suite. À mon échelle, je ne voyais rien ; les apparitions et disparitions successives de Gessi étaient simplement des éclipses. Éclipses entravant ma vision du reste du monde, reléguant au second plan mes tractations professionnelles ou mes liens amicaux, la notion du temps devenue extensible, les heures passées à l'écouter parler, endormie dans ses bras, ou bien marchant à ses côtés, en perdition maîtrisée dans les allées des Buttes-Chaumont. Nous échouions chez le fleuriste de la rue Manin où, sans jamais rien entreprendre, nous rêvions à l'acquisition d'immenses plantes tropicales, puis nous nous réchauffions dans des cafés sans charme, à l'intersection de Simon-Bolivar et de l'avenue Secrétan. Lorsqu'il faisait beau, il faisait encore froid. Gessi parlait alors de ce *gluggaveður*, de ce « temps de fenêtre », concept bien utile pour évoquer la fourberie hivernale, pittoresque, qui, une fois éprouvé, précipitait mes mains dans les siennes. Je n'étais pas faite pour l'hiver, il voulait m'en garder.

Dans un Belleville réfrigéré, les gens tenaient leur rôle, jouaient à la perfection ces personnages que la grande comédie de la vie leur commandait d'incarner. Le mari et la femme, les adolescents dévalant la rue de l'Atlas après les cours, la joggeuse dans le froid, la boulangère et le clochard, la grande bourgeoise à chiens ou l'artisan endimanché. Des scènes se rejouaient ainsi et l'on ne pouvait dire si elles étaient exclusives à Paris, à Belleville, ou si les rôles sociaux dont elles étaient tirées se déclinaient à l'identique en d'autres lieux. De ces fonctions identitaires, on pouvait aussi concevoir la reproduction sur l'échelle temporelle, de décennies en décennies. Y avait-il une nécessité présidant à l'existence du professeur de piano, de la vieille au carrefour, du commerçant chinois ? Nous, nous étions les amants étrangers l'un à l'autre. Pas plus que les autres nous ne songions à nourrir une nomenclature, à vivre une scène qui se rejouait sans cesse en divers lieux. Dans cet égocentrisme tout à fait naturel qu'éprouvent deux amants formellement convaincus d'ascendant sur le monde par leur joie éprouvée, nous étions inédits.

Gestur a imprimé sa marque dans ma vie quotidienne. Progressivement, il est venu envahir de laine, de grands ouvrages brochés et de filets de saumon sous vide nageant dans les eaux rose orangé de leur graisse, mon deux-pièces de la rue de l'Équerre. Il y avait également de curieux baumes à lèvres, à l'effigie de phoques. Il y avait son journal, dans lequel il consignait tout ce qu'il faisait chaque jour. Listes de chiffres, de personnes et de lieux, mais aussi des rapports de ce qu'il venait de vivre. Relatés, les événements étaient toujours plus importants que simplement vécus. Il y avait des photos d'enfants dans son portefeuille, c'était lui et Máni, son ami de toujours, âgés de neuf ou dix ans. Les garçonnets se tenaient là, rieurs, derrière l'Akrafjall, la montagne qui donne sur le fjord des baleines (Hvalfjörður), non loin de Reykjavík. Une impression d'immortalité se dégageait de cette photo. De légèreté aussi, on n'avait sans doute jamais vu Gestur aussi heureux.

Il est venu animer le versant sud du XIXe arrondissement de sa mythologie personnelle. Il a rendu ma vie captivante. Chaque vérité changeait de couleur, les choses n'étaient jamais ce qu'elles semblaient être. Ainsi, la grosse voisine italienne, qui avait accolé des instructions pour le tri sélectif aux poubelles de la cour, n'était pas simplement une écologiste militante. C'était aussi une receleuse de plastique, une maniaque du carton. L'écrivain anonyme qui tenait salon au bar de l'angle Clavel-square Bolivar n'en était pas un. Mythomane expérimenté, il inventait le nom de ses livres au fur et à mesure de la conversation. Gessi avait longuement sondé l'individu sur les ressorts de sa poétique, il en avait tiré quelques enseignements en matière d'improvisation, de description d'une œuvre d'art fictive. Mon amour était saugrenu, mon amour était sérieux. Il était sans pareil. L'accent islandais enrobait le paysage urbain, lequel apparaissait sous une parure intrigante et saumurée. Dilués dans un roulement de R, à la fois doux et lourd, rustique et bienveillant, l'esprit critique pavlovien des bourgeois de Paris, leurs rêves et leur sarcasme, étaient anéantis.

Je me rappelle cette soirée, dans un bar du Xe. D'ironiques mélodies s'échappaient de la salle, c'étaient des reprises de Noir Désir par une guitariste bossa-nova à dreads blondes, qui marmonnait paresseusement « pyramides jetables, hommes d'affaires impeccables » en salopette sur une estrade. Derrière le comptoir, sur une affiche, un lionceau faisait sauter un dompteur moustachu dans un cerceau enflammé, un couple d'otaries applaudissait à tout rompre. Un collectif pour le cirque sans animaux organiserait un buffet solidaire dans l'établissement le mois prochain. Et c'était dans ce lieu que Gessi m'entretenait du millier de cétacés qui avaient été tués lors de la dernière chasse aux baleines dans les îles Féroé. Nul doute que le *grind* était une pratique barbare, mais il disait que c'était beau, que ça nous rattachait aux ancêtres, à l'histoire.

« On peut le dire, en débarquant en France, j'ai fait l'expérience de la différence, relatait-il. Avec ces affiches très suggestives un peu partout en ville, tu sais, cet érotisme lourd, « téléphoné » (Gestur avait insisté sur ce terme et cet emploi critique tout récemment acquis), qui te font dire que personne ne va marcher dans la combine ; pourtant, ça accroche le regard, ces femmes à moitié dévêtues, ces jeux de mots débiles, mais la lassitude a fini par gagner sur ta dignité, et la pub te rentre dans le cerveau. Il y a aussi Maïté à la télévision, qui parle avec un accent impossible, qui tue des poissons dans sa cuisine en leur tapant dessus et fourre des faisans et des cailles en jurant. Et ces proverbes qui ont tous un rapport avec la nourriture. Ces personnes qui s'aiment, ou bien qui s'engueulent, qui se donnent en spectacle dans l'espace public. Le théâtre permanent de l'amour à Paris, tout à la fois grossier et émouvant. Il y a également cette incapacité à faire fonctionner les choses, chez les Français, qui me trouble beaucoup. La moindre démarche administrative, le moindre appel téléphonique au plombier-chauffagiste qui doivent obligatoirement être réitérés pour aboutir. Le problème numéro un, c'est l'inefficacité. Cela a des conséquences sur l'environnement dans lequel évoluent les Français : les actions ne s'enchaînent pas, parce qu'il faut toujours que quelqu'un y aille de sa petite histoire personnelle sur le sujet, répète les choses ou bien les théorise, ou écrive des bouquins – grosse manie française, ça encore, de pondre des livres sur n'importe quoi – et qu'on perde un temps fou... »

Très vite, Gessi instruisit également Laurence et Alexandre de choses dont ils n'avaient auparavant jamais entendu parler. Il leur chanta une comptine évoquant un corbeau qui croassait pour en appeler un autre. Le premier corbeau encourageait l'autre à déchiqueter avec lui une carcasse de bélier. La mélodie du corbeau était entonnée par tous les enfants d'Islande, qui aimaient et admiraient l'oiseau. Ce fut le début d'une longue série de discordances qui soulignait l'extranéité, l'incongru de la présence de cet homme dans ma vie. Nos voyages, nos errances, notre rencontre même n'avaient pas aboli les aspérités. Plus tard, lorsque nous avons quitté le XIXe pour rejoindre le XXe arrondissement, au tout début de l'existence d'Erling, la vigne vierge de la rue Henri-Chevreau, les étals de fruits et légumes du boulevard de Ménilmontant et notre appartement de la rue des Couronnes ne sont pas apparus miteux ou médiocres dans le regard de Gestur, reliquats dégradés d'un esprit Belle Époque, perdus au milieu du béton et de populations bigarrées. Au contraire, ces éléments de décor lui ont été démesurément parisiens, solaires, quasi méridionaux. Quand survenaient les beaux jours, Paris correspondait, la ville rentrait vraiment dans le cadre qu'il lui destinait. Les filles portaient des robes d'été qui dévoilaient leurs jambes. Il avait comptabilisé combien de fois cela arrivait à Reykjavík et obtenu une donnée à la fois honnête et désespérante : la robe d'été parisienne ne s'y portait en moyenne qu'une fois par an. Qu'importe, les femmes les achetaient, et ce jour-là, elles étaient fières de s'en pourvoir. C'était le plus souvent en serrant la mâchoire que Vera Gylfadóttir, sa première petite amie, émoi inoubliable, l'avait arborée sur Hverfisgata, traitant par le mépris les giboulées sempiternelles et les rafales du vent marin.

Au crépuscule, nous naviguions entre le bar des Folies et celui, mitoyen, du Vieux Saumur, ses chaises en plastique et sa façade ravagée, au coin de la rue Dénoyez, une artère artistiquement dégradée par la crème des graffeurs du graff parisien. Sous ce patronage, le petit périmètre hébergeait un amas de cultureux sûrs de leur différence. C'étaient des attablés rebelles, cadres et propriétaires, des provinciaux cherchant à faire oublier l'expression petite-bourgeoise de leur désir d'ascension, limpide dans le choix de professions touchant les arts du spectacle et les innovations numériques. Devenant réglementaire, cette marge n'émargeait rien. Joyeuse et raisonnable dans son aspiration à la révolte, la barbe des designers n'abusait jamais de la boisson et n'avait pas un mot plus haut que l'autre. Les conversations tournaient généralement autour des places en crèche.

Je ne me résolvais pas encore à parler de Gestur à mes parents. Il était trop récent, il pouvait s'envoler. Trop incertain, aussi. Ma mère, de toute façon, m'écoutait rarement. Sous prétexte de prendre de mes nouvelles, elle ne m'avait dernièrement appelée que pour m'entretenir des travaux de l'assemblée plénière de la Conférence des évêques de France qui se tenait à Lourdes. Anne Bernier se passionnait pour les enjeux de la catéchèse, dans une société dotée de diverses communautés religieuses. Elle aimait parler de l'avènement de la société multiculturelle comme on se réjouit de l'augmentation de son pouvoir d'achat.

« Le retour de bâton de la colonisation », disait mon père. Les Islandais, aussi, avaient été colonisés. Gessi me le répétait avec dans la voix cette fierté revancharde de l'émancipation, une ferveur patriotique. L'influence danoise avait été prégnante, ces colonisateurs avaient tout de même imposé le luthérianisme en 1530, puis un odieux monopole commercial qui avait maintenu pendant des siècles son peuple dans une grande pauvreté. L'emprise avait durablement marqué les esprits, et c'était sans compter, précisa-t-il en me tenant la porte de l'immeuble, l'apprentissage de la langue danoise à l'école et la consommation des harengs marinés.

« L'accueil des refugiés », rétorquait ma mère. Un charabia de dégénérés, selon mon père, pour qui l'Église catholique s'apparentait de plus en plus à la secte à laquelle elle avait dû être aux prémices de son existence. Une sorte de retour aux origines, préfigurant sa disparition. Il était occupé par beaucoup plus concret : le lancement prometteur d'une nouvelle gamme de moutardes aurait lieu en avril, « Il était une fois », dont la déclinaison rappelait des événements récents de l'histoire de France. « Ça parle aux gens, c'est l'histoire de leurs parents, de leurs grands-parents... », détaillait Thierry Bernier. La moutarde « Belle Époque » était vendue dans un verre au dessin représentant l'Exposition universelle de 1900. Le verre de la moutarde « Verdun » offrait un contenant belliciste, aux couleurs des poilus. La moutarde « Années folles » représentait un orchestre de jazz. La moutarde « Front populaire », des ouvriers en vacances. La « Libération », des FFI. La « Ve République », le général de Gaulle. La « Sixties », un grand portrait de Johnny Hallyday. La « Seventies », des militantes du MLF (quelle mouche avait piqué mon père, lui d'ordinaire si prompt à vanter les rôles attribués à Jean-Pierre Marielle au cinéma ?). La « Mitterrand » et la « Chirac », modèles des respectives décennies 1980 et 1990, témoignaient par leurs appellations sans attrait du dénuement extrême des années de ma jeunesse au regard du génie français. Mon père ne s'était pas donné beaucoup de mal. Mais aurait-il pu en être autrement ? Il ne s'y était à peu près rien passé de notable, hormis l'épidémie de sida et l'apparition des nouveaux pauvres, et ce n'était même pas des réalités propres à la France. On pouvait, à la rigueur, mentionner la montée du FN, le Minitel ou la coupe du monde de football 1998 remportée par nos joueurs, sans ignorer toutefois qu'un pays qui accordait désormais autant de place au sport, inscrivant ce divertissement au tableau de ses gloires, avait sans doute disparu depuis longtemps.

Gestur était mon île, et je m'y amarrai. Je me souviens surtout d'avoir eu peur de le perdre, ou plus précisément d'avoir eu peur qu'il se perde. D'un matin, où nous allâmes prendre le petit déjeuner à La Vielleuse, au métro Belleville. Le printemps arrivait, nous étions en terrasse. La ville défilait là, devant nous, sans qu'on la regarde, un spectacle en sourdine. J'étais seule avec lui. Gessi commanda deux cafés. Parce qu'ils n'avaient déjà plus de croissants, il courut en chercher à la boulangerie d'en face. C'était le tout début de notre histoire d'amour, de notre aveuglement. Peu de temps après, nous nous sommes quittés pour la journée, et je l'ai regardé partir. Prenant conscience du décor dans lequel il s'insérait, fixant sa nuque, j'ai ressenti un malaise. Il n'allait pas très loin et nous nous reverrions le soir même, mais ce n'était pas cela. Je l'observais avec inquiétude, le corps de cet étranger qui se dissipait sous mes yeux. Il se fondait dans le paysage de la décomposition occidentale, devenu minuscule au fur et à mesure qu'il progressait, il s'incorporait à la confusion poisseuse. Je redoutai, pour lui, la menace d'une contagion.

Complainte pour l'indolence déployée sur Skólavörðustígur

… Car quoiqu'elle ait passé une grande partie de sa vie à prétendre le contraire et, à travers sa propre grandiloquence, à contribuer à la diffusion des cabotinages patriotiques, à leur recyclage permanent dans des domaines aussi variés que la qualité de la pomme de terre, de l'hospitalité ou des patrons de pull-overs, sa mère, Jódís, conservait une conscience aiguë du long assujettissement de ses compatriotes à l'occupant (elle a aussi longtemps vanté la qualité de l'eau du réservoir ouvert de son village natal, d'où provenaient les produits de la pluie et ceux de la fonte des neiges, mais des années après l'établissement de cette réputation, des scientifiques ont décrété qu'elle était pleine de guano, alors Jódís a fini par exclure l'eau de ce panégyrique. Aujourd'hui, le réservoir est clos, l'eau est filtrée avec des moyens modernes, et les habitants du village soutiennent qu'elle n'est pas aussi bonne qu'avant).

Gestur n'envisageait pas sincèrement la colonisation danoise sous un angle oppressif, ç'avait été une chance. En réalité, les Islandais n'avaient aucun mérite à jouir de la modernité. Ils n'avaient pas eu à se battre. On la leur avait apportée sur un plateau, avec des permissions et des interdictions, comme s'ils étaient des enfants. Et encore, ils devaient remercier et dire une prière avant de passer à table. À Jódís Kjartansdóttir comme ensuite à son fils Gestur Sigmundsson, on avait cependant enseigné la grandeur de l'Islande, dans des ouvrages d'histoire dont le propos semblait tenir de la caricature, tant que l'on se demandait parfois s'il ne figurait pas au crédit de Bjartur, le pâtre téméraire de *Gens indépendants*, un roman de Halldór Laxness qui poussait l'insoumission dans des retranchements comiques. Bjartur était l'incarnation d'un chauvinisme touchant et anachronique ; avec lui, le grand écrivain national parvenait à être tendre, et l'on serait toujours plus indulgent envers Bjartur qu'avec les idéologues qui tentaient de réinventer le passé. À la lecture des manuels scolaires, le soupçon était immédiat, la dénégation évidente. Certes, ils avaient pour eux-mêmes leur langue et leurs sagas, ce qui n'était pas rien (ce qui pour eux était tout). Mais le progrès était venu, et ils l'avaient absorbé comme de grosses éponges.

Ils avaient été des travailleurs, on ne pouvait pas dire. Au reste, qu'y avait-il de mieux à faire ? Chacune de leurs heures était pluvieuse, neigeuse ou bien venteuse, parfois les trois à la fois. Le premier jour de l'été survenait le troisième jeudi d'avril, c'était inscrit dans l'ancien calendrier qui ne comptait que deux saisons, on passait cette journée chômée à ironiser en famille sur le destin des arbustes gelés (si toutefois la nuit précédant le premier jour de l'été il avait gelé, alors l'été serait beau). Heureusement, le travail absorbait la joie de vivre ; on penserait à se reposer au moment de mourir. Quand Jódís a vu le jour, les chalutiers amélioraient déjà les conditions de la pêche à la morue et c'était devenu une véritable industrie. Cet essor, qui a peu ou prou correspondu avec le développement de Reykjavík, avait jeté des milliers d'Islandais dans une course folle vers un mode de vie urbain, loin de la pâture. Des fermes avaient été abandonnées, d'autres avaient disparu de la carte. Les romans populaires étaient farcis de jeunes filles au sourire frais, aux nattes interminables, qui gagnaient Reykjavík pour y perdre leur innocence. Ces ruées vers la ville étaient leurs westerns, des épopées pessimistes opérant comme des évangiles sur les adolescents en quête de fortune, mais elles n'eurent pas raison de leurs velléités.

Jódís ne considérait pas qu'elle était une enfant du progrès. Elle avait vécu dans un autre pays, sur une terre engourdie. Les fjords de l'ouest semblaient extraits du temps. Il y avait plus de points communs entre le mode de vie des paysans du début du XXe siècle et celui des premiers habitants de l'île, au Xe, qu'entre ces paysans et les jeunes d'aujourd'hui. Elle y songe en observant passer sous ses fenêtres toute une jeunesse à cheveux roses, à cheveux bleus, piercée et tatouée, occupée à flâner en lunettes noires sur Skólavörðustígur au moindre rayon de soleil, en lapant des crèmes glacées. Une indolence incompréhensible, qui ne connaît pas le prix de l'argent ni celui du chauffage central. Elle, elle a été élevée dans l'ancienne mentalité, elle s'en défend devant son fils, dont le dodelinement incrédule effectue son habituel travail de sape.

Au départ, raconte-t-elle, lorsque le téléphone a été installé dans les fermes, les éleveurs ont craint pour leurs vaches. Au déclenchement de la sonnerie, elles allaient disjoncter, leur lait allait tourner. Est-ce qu'elles continueraient à le donner malgré ce boucan du diable ? Mais il n'y avait pas de vaches dans la ferme de ses parents, son fils le lui rappelle. Elle riposte immédiatement, anticipe l'accusation de mythomanie : en réalité, elle tient cette anecdote d'une cousine de sa mère (les deux étaient très jeunes à l'époque de l'arrivée du téléphone dans les fjords ; à moins qu'elles ne fussent pas encore nées à ce moment, qu'à leur tour elles n'aient été que des passeuses de récit, Gestur n'y comprend plus rien). Elle ne veut pas reconnaître que ce n'est pas elle qui a vécu la sortie du Moyen Âge, que les pêcheurs ne risquaient plus leur vie dans son enfance, que les Danois avaient déjà rendu les clés de la boutique. Jódís ressemble aux fans de Nirvana éclos après la mort de Kurt Cobain, un souci de légitimité les pousse à en faire trop avec la collection de T-shirts. En somme, elle aurait voulu en être, comme si le sort de ses aînés était enviable, comme si son père, pieds nus dans des savates en peau de chèvre, n'avait pas eu honte le jour où il était allé acheter sa première paire de chaussures, à la veille de la guerre, à l'âge de trente-deux ans.

Il y a encore peu de temps, dans ce pays, on pratiquait le servage. Des types étaient envoyés à la pêche pour le compte d'un propriétaire terrien. Ils ne possédaient pas le fruit de leur travail, ils dormaient dans des huttes au bord de la mer. Ceux qui ne voulaient pas mourir noyés avaient fini par s'établir chez les Amérindiens, dans le

Manitoba, où ils avaient anglicisé leurs patronymes tout en continuant de publier journaux et poésie dans leur langue. Aujourd'hui encore, ces colons d'un autre âge se transmettent au cœur du Canada la langue de leurs aïeux. Gestur pense à ses grands-parents, qui n'avaient que la Bible en lecture, aux chanteurs de variété qui n'étaient pas autorisés à déroger à l'ancienne métrique des scaldes. Quand les chansons de Bubbi Morthens sont apparues sans ce redoublement obligatoire des consonnes du premier vers dans le second, à la fin des années 1970, elles ont choqué tout le monde. Qu'y avait-il d'attrayant dans cette vie de misère au village, rythmée par le passage irrégulier de l'institutrice ? Comment en est-elle arrivée à convoiter une telle humiliation ?

Dans la ferme au toit en tourbe des grands-parents de Gestur à Litlibær, donc, un bâtiment carré recouvert d'un gazon hirsute, dont on distinguait à peine les carreaux de fenêtres, il n'y avait pas de vaches. On élevait seulement une petite dizaine de chèvres et l'on n'en tirait même pas suffisamment de lait pour espérer faire du fromage avec. Voilà comment étaient les choses : les chèvres dormaient dans l'extrémité mansardée de la maison, une sorte d'excroissance ajoutée au carré, et on réservait le fruit de la traite pour les petits enfants, on leur donnait à boire ce lait acide qu'ils sifflaient encore chaud. De temps à autre, le plus grand des frères de la mère de Gessi partait à cheval avec des bidons vides en direction d'une grande ferme qui se trouvait en bordure d'Ísafjörður. C'était là qu'il achetait le lait de vaches. On avait l'habitude de faire des affaires avec ce fermier et, bien qu'il tirât une supériorité morale du fait de posséder des vaches, il était leur égal (Jódís précise qu'ils fournissaient le fermier en morue séchée et, œufs de poisson, et qu'ils se gardaient bien alors de toute suffisance). Il fallait encore une heure à son oncle Mímir, le plus grand des frères, pour revenir avec le cheval sanglé de bidons pleins et, puisque l'on ne pouvait pas conserver longtemps ce lait, on l'engloutissait sans envie. À ceux qui y survivaient, les fjords n'offraient rien de pérenne; ce n'était pas une vie normale – qui peut se prévaloir de vivre une vie normale ? Mais cette appréciation de leur quotidien était inaccessible, ils n'en vivaient pas un autre. Certaines intuitions pourtant leur parvenaient. Du pointillé d'informations qu'ils recevaient depuis le continent, comme une pluie pénétrant de vieux oripeaux censément inusables, ils concevaient des fantasmes hollywoodiens de parasols et d'opulence.

Les jours de fête, la mère de Gessi ne se départit toujours pas, aujourd'hui encore, de cette mauvaise habitude consistant à servir, à l'heure du goûter, une dizaine de gâteaux à la crème, tous plus sucrés et plus colorés les uns que les autres, comme une orgie visuelle précédant la débauche réglementaire, une vengeance sur le mauvais temps. Manifestement, il s'agit d'une tradition danoise mal interprétée. Cette contrefaçon héroï-comique est née d'un complexe de colonisés, d'une frustration alimentaire trop longtemps subie de n'avoir que rarement accès aux œufs et au sucre. Une démonstration qui inspire de la honte à Gestur. La domination culturelle, niée de toutes les manières possibles, décompense brutalement, dans une séquence obscène dont le burlesque n'a d'égal que la rougeur des visages hilares, tuméfiés par l'alcool et les rayons du soleil, des premiers vacanciers islandais hors de leurs frontières dans les années 1960. Ces derniers n'avaient pas anticipé ses ardeurs sur la Costa Brava, et brûlé leur peau claire comme on flambe son treizième mois. Ils n'avaient pas compris la joute commerciale des « prix seulement pour vous, parce que vous êtes des amis ». Gestur possède des Polaroïds boucanés de ses parents, oncles et tantes dans leur vingtaine, posant en petite tenue à l'entrée d'une paillote. Leur grimace commune traduit une joie mauvaise, une émotion coupable. Elle exprime un sursis avant la reprise des hostilités, le retour à

Keflavík, la tête refroidie par le ciel immensément blanc, les bâtiments immensément gris. Ici, quand il y a du soleil, on en parle longtemps après.

Cependant, ils se trompaient en pensant que leur vie ressemblerait à celle de leurs aïeux. Elle n'aurait rien de rectiligne. Ils auraient des amours, des enfants de plusieurs lits, des métiers dans le tertiaire, des Frigidaire et la télévision. Ils marcheraient dans des rues. Du toit chevelu de la maison de tourbe, on ne voudrait plus entendre parler. Elle aurait été reconstruite en bois, pour finalement disparaître complètement. Le nom du lieu ne désignerait plus rien. Cela serait le principal fait d'armes de la honte éprouvée en repensant aux anciens pieds enveloppés de peau de chèvre, avant que leurs propres pieds ne fauchent et ne musèlent ce passé détestable, ne foulent oisivement la moquette de leur résidence banlieusarde de Kópavogur. On ne voudrait plus entendre parler ni des vieux, ni de leur poésie, ni de leurs superstitions. Par son obstination à consulter une voyante (une vieille qui ne veut rien savoir d'autre que notre prénom avant de nous parler, regarde les visages de ceux qui viennent la voir, pour délivrer un message étonnamment précis), par son insistance à vouloir communiquer avec les morts, à vouloir faire revivre le passé, Jódís trahit son jeu, elle indique qu'elle n'est pas de la génération des destructeurs. Pour eux, le passé de l'Islande n'aura été qu'un long cauchemar. On s'éveille à peine.

Observée depuis le boulevard Beaumarchais où, sur le canapé en cuir des parents de Laurence, des convives arrosaient de pinot gris quelques amuse-bouches aux olives en écoutant le Velvet, l'Islande était une patrie lunaire et indélicate. Il faut croire que pour cette raison même, on y prêta un intérêt aigu. L'affinage du bon goût passait nécessairement par des passions absurdes, un snobisme qui reposait sur une appétence quintessenciée pour le nu, le bizarre. En s'accrochant à la lente diction de Gestur se livrant au récit de la vie de ses aïeux, les Caligari avaient d'abord soupiré. L'évocation de cette existence misérable allait brouiller le teint de la fin d'après-midi. C'était le premier beau week-end, les bourgeons formaient en leur extrémité des petits triangles verts, prometteurs et enthousiasmants, la pièce tout entière baignait dans la lumière. Gessi n'était pas en phase avec l'ensoleillement et les conversations, la douceur de *Pale Blue Eyes* s'alanguissant dans la bouche de Lou Reed, cette bouche dans les enceintes Pioneer de Jérôme Caligari, qui y allait de son couplet rituel sur la Factory de Warhol tandis que Vadim, le jeune frère de Laurence, la vingtaine retroussée dans ses pantalons slim, indifférent aux invités, aux paroles échangées, gardait les yeux rivés sur son smartphone et passait en revue des jeunes filles que l'algorithme du site qu'il consultait lui offrait de rencontrer.

On finissait toujours par adorer Gestur Sigmundsson, ses T-shirts sans motif d'un invariable vert kaki et ses paires de jeans toutes identiques. Son accent, qui n'évoquait à la bourgeoisie parisienne rien qu'elle pût identifier. On lui en voulait secrètement d'être quelqu'un, on enviait sa propension à la disruption. Malgré leur recherche incessante d'objets de démarcation, ces notables culturels n'étaient pas au niveau. L'affirmation d'eux-mêmes à tout prix, cette pesanteur honteuse, propre à leur temps, les livraient au commun. Gestur se fichait d'eux, c'était son insolence. De leur vie, leur pays, leurs attentats, leurs polémiques. Ils refusèrent de perdre la face et le bombardèrent de questions. Très vite, elles devinrent hargneuses et entendirent rehausser le standing de ceux qui les posaient. Ils n'allaient tout de même pas nous faire la leçon, ces mangeurs de mouton fumé. Gestur délivra des réponses succinctes. Affirmer que la génération qui avait précédé celle de sa mère avait vu le jour dans le pays le plus pauvre d'Europe et qu'elle s'était éteinte dans le plus riche était ce qu'il pouvait exprimer de plus signifiant à propos des siens.

C'est pourquoi, désormais, ils circulaient dans d'énormes voitures et partaient en vacances aux îles Canaries. L'assemblée se piqua d'agacement. On revint au point mort. Ils étaient spéciaux, on ne pouvait les comprendre.

Vadim se raccrocha à la conversation à l'instant où elle tourna court. Il aurait bien voulu rencontrer des gens qui avaient été pauvres et qui avaient fait fortune. Il pourrait rapporter un reportage photo, son père l'aiderait sûrement à publier dans une revue dont il connaissait le directeur. Tous les pauvres, loin de là, n'étaient pas intéressants. Les gens du Pas-de-Calais, électeurs du Rassemblement national, étaient sales et limités, quand les Islandais, eux, semblaient avoir tiré le meilleur de leur pauvreté, car ils en avaient conservé un côté bohème assez séduisant. Une authenticité qu'ils vendaient maintenant aux plus offrants sous forme de pulls faits main. C'était quand même autre chose que la colline du crack porte de La Chapelle.

L'une des invitées embraya peu après en faisant un compliment sur les motifs des petites assiettes dans lesquelles on avait servi un sorbet à l'abricot parsemé d'amandes effilées. Véronique Caligari les avait acquises pour une bouchée de pain au marché de Cogolin, ils y passaient plusieurs mois par an, même si l'été c'était infréquentable.

Laurence aimait beaucoup cette maison, celle de ses grands-parents maternels, la plupart de ses souvenirs de vacances s'y rattachaient. Je savais ce que Gestur se disait, à cet instant, qu'on pouvait toucher les vieilles pierres, dire qu'on venait de là, qu'on pouvait hériter. Tout dans notre mode de vie témoignait d'une possibilité d'accumulation matérielle et symbolique. Nous savions qu'on ne sert pas n'importe quel vin avec n'importe quel plat. Lui, il n'hériterait jamais de rien, sinon de la mémoire de fratries de dix, de celle des morts en mer. La notion même d'héritage se confondait dans son esprit avec les ressorts narratifs les plus grossiers des histoires pour enfants. Il y n'avait pas seulement le prince, les bonnes fées, la sorcière. Parfois aussi, une vieille tante mourait et laissait un immense héritage à un garçon qui passait ensuite sa vie à le disperser. Ces choses-là, il le savait, arrivaient dans les livres.

Comme un tricot de laine entravant la froidure

La mort du dragon

Après Bordeaux, le ciel s'était couvert, accordant au soleil un pouvoir enlumineur qui faisait ressortir, noir sur or, façades et talus. Bayonne était apparue dans son rayonnement, une cité agrémentant ses maisons selon une logique onirique, aux poutres écarlates, aux volets bleus et verts, aux places désirables. Au passage de l'Adour, les flèches de la cathédrale Sainte-Marie s'érigeaient, semblables à des bras levés. Le train poursuivit sa course, la crête de la Rhune était embrumée. Je descendis à Saint-Jean-de-Luz - Ciboure, où Gestur m'accueillit, les bras nus, comme si c'était moi l'étrangère.

Il m'avait précédé de quelques jours dans cette villégiature. De sa chambre à Ciboure, il avait une vue imprenable sur le fort de Soccoa. Il passait le plus clair de son temps entre ces quatre murs, négligeant l'occasion de prendre l'air. Le soleil de juin chauffait la grande plage après les averses, mais il s'en gardait le mieux possible (un peu plus tard, après mon arrivée, quand il a fallu sortir et qu'au contact du ciel, il s'est immédiatement brûlé la peau, il a mimé comiquement les pinces du homard avec le pouce et l'index). Terré chez l'habitant, plutôt chez l'habitante – une vieille dame et sa petite-fille, qui lui avaient trouvé une ressemblance frappante avec J. R. Ewing de la série *Dallas*, ce qui l'avait amusé, puis finalement vexé –, il rédigea là un article pour l'université d'Umeå à propos d'une paire d'épées trouvées dans le Jutland. Un éboulement de terrain les avait fait remonter à la surface du temps. Chacune était munie d'un pommeau triangulaire serti d'anneaux croisés, elles semblaient appartenir à des tribus barbares, à des Frisons, des Goths, elles exerçaient sur lui une fascination qu'il m'exprima par mail. « Le soleil d'ici ira bien avec ta peau, écrivait-il aussi, j'imagine qu'elle dore sans brûler. Presse-toi de venir. » Au-dehors le lieu existait, des humains respiraient. Le vent fouettait le visage de la vieille forteresse, les vagues claquaient la digue et les marées passaient. Tout vibrait, frémissait, et le temps défilait, mais c'était comme si l'attrait pour l'ailleurs ne le happait pas, l'oxygène ne comptait pour rien. Il était seulement avec les épées. Il attendait que je vienne pour se reconnecter au monde extérieur, il attendait ma venue pour replonger dans la vie.

Mes parents possédaient un appartement dans le centre-ville luzien, mis en location l'été et libre au printemps. Des portraits de taureaux et de matadors sertissaient la cage d'escalier de cet immeuble, toute une imagerie à la gloire des bovidés et de leur mise à mort. Des inscriptions en basque sur les affiches du hall vous donnaient l'impression d'une contrée étrangère. Ça sentait le vernis et, sur le pas de la porte, la friture du restaurant de fruits de mer d'en face, à l'entrée duquel campait une bouée d'amarrage blanc et rouge. Nous passâmes la semaine là, à boire un vin blanc dont le procédé de fermentation, breveté, consistait en une vinification sous la mer, à quinze mètres de profondeur. À la fin de la première journée, ma peau avait contracté ce hâle que Gessi m'enviait. Plus tard, nous avons regardé un ballet aérien donné par l'armée de l'air, mangé des cornets de glace. Puis nous nous sommes livrés à des lectures à voix haute de nouvelles de Raymond Carver. Les histoires de Carver étaient authentiquement désespérantes, sordides, une noirceur que Gestur ne relevait pas, s'attardant simplement à commenter le génie de l'écrivain. Il manifesta même un certain enthousiasme à décrire la technique de Carver, la brièveté intense, sans s'attarder sur le contenu des histoires qu'il contait, celles des simples quidams touchés par un drame qui met leur vie à sac dans l'indifférence de leurs semblables.

Comme il l'avait tenue informée de son séjour à Saint-Jean, Jódís Kjartansdóttir revint sur la partie basque de l'histoire supposée de leur famille. Cette fiction remodelée par récits successifs faisait intervenir, sept générations plus tôt, un pêcheur basque nommé Patxi miraculeusement sauvé de l'assassinat et établi dans les fjords sous le nom de Patrek. Là-bas, on avait conservé le droit de tuer les Basques jusqu'en 2015 (lorsqu'on a inhumé ce décret, son obsolescence a scandalisé tout le monde ; certains ont cependant trouvé cela très drôle ; à Hólmavík où, en 1615, le massacre de plusieurs baleiniers basques a été perpétré, on a depuis érigé une stèle commémorative). Gessi m'entretint de l'existence du basco-islandais, une langue véhiculaire que les marins avaient parlée pour se comprendre. La singularité de Gestur débordait sur le paysage, sur le monde. Avec lui, de nouveaux phénomènes se produisaient dans l'histoire des hommes, dans la mémoire des langues.

Et je m'étais peu à peu rendue à l'évidence. L'expression quotidienne de sa personnalité n'était pas uniquement un produit du tropisme islandais (quoiqu'il en dît, d'ailleurs, puisque l'Islande, dans son discours, servait toujours à justifier un écart, un défaut, même une infirmité), il y avait autre chose. Il a fait le récit, aux prémices de notre histoire, de cet appel téléphonique qui a tourné au fiasco, une jeune femme qui travaillait pour un institut de sondages basé à Reykjavík, qu'il a désespérée et qui s'est écriée, en plein milieu du questionnaire : « Excusez-moi, Monsieur, mais vous ne rentrez pas dans la classification statistique. Le mieux est d'arrêter là. » Il a d'abord cherché, bien avant de me connaître, ce qu'était son problème, pourquoi il n'était pas comme les autres. Pourquoi il n'a pas supporté son enfance, et l'école en particulier, où il s'est senti coupable de faiblesse, d'échec et de honte, et dont le souvenir le poursuit jusque dans son sommeil. Lors de la récitation d'un poème de Grundtvig à la gloire de l'empire colonial danois, au cours de laquelle le garçon peinait, le professeur avait déclaré devant tout le monde que ce Gestur Sigmundsson au regard de fou ferait mieux de rester chez lui. Ce ne fut pas tant l'appréciation qui le fit souffrir, que le fait que le professeur prenne à témoin tous les autres élèves. Car il se réjouissait de posséder ces yeux de husky sibérien, deux lacs éblouissants à la forme effilée, qui vous faisait ressentir effroi et compassion avec la même violence.

Pourquoi a-t-il souhaité que cette enfance soit la plus courte possible, quand ses petits camarades profitaient des bienfaits de l'âge tendre, s'en amusaient, en jouaient ? Des après-midi entiers à tuer son enfance à la bibliothèque municipale, à lire jusqu'à ce qu'on le pousse dehors, à l'heure de la fermeture, ce qui expliquait pourquoi il avait appris si tard à nager et à faire du vélo, à parler aux autres enfants, à traverser une rue, à attacher les boutons de son manteau aussi vite que les autres, et de quelle manière les contraintes sociales l'ont plongé dans le désarroi. Une asociabilité qui nous faisait comprendre pourquoi il avouait être plus proche des chats que des humains (il peut, à leur égard, faire montre de compassion et n'en avoir aucune pour ses semblables).

— La majeure partie de ma jeunesse, confessa-t-il, je l'ai passée à vouloir tuer Fáfnir, le dragon mis à mort par Sigurd, avide de son or et surtout de ses pouvoirs. C'est en éventrant le monstre et, comme les mésanges lui indiquent de le faire, en se baignant dans son sang, que la peau du héros se transforme peu à peu en carapace épaisse.

Une nouvelle pellicule d'invincibilité recouvrirait alors le corps de Gestur, opaque et lourde, elle assourdirait l'aigu des émotions. Convoquer la mythologie était un apaisement, une espérance, une force. Sûr que le sang de Fáfnir le fortifierait et qu'il serait sauvé. Il sentait qu'il ne deviendrait pas comme les autres pour autant, car il serait mieux que les autres, sa sensibilité exacerbée, l'énergie cérébrale qu'elle lui avait donnée, une profondeur de champ, une endurance mentale qui lui servirait toujours. Les saillances et les escarpements qui lui étaient propres cesseraient de se retourner sur lui, il garderait la tête froide. Le recours au dragon ferait de lui un surhomme. À la sagesse doloriste de l'Évangile, il préférait cent fois ce glorieux *Fáfnismál*, le poème héroïque de la mort du dragon, il privilégiait la promesse d'une vengeance, d'une régénération. Il n'avait pas envie de souffrir pour les autres. Il ne souhaitait pas mourir, non, il voulait à tout prix s'extraire du mauvais sort et puis s'en délivrer.

Vers la fin de l'adolescence, Gestur admit pour de bon qu'il était différent. Mais c'était dans une période où il l'était moins, car il faisait illusion. Il s'était débrouillé pour avoir réponse à tout et pour tout comprendre. Ce n'était évidemment pas le cas, mais à ce moment-là, il a pris conscience de son pouvoir de séduction et de son extraordinaire potentiel de baratineur. Il dégageait désormais une autorité naturelle et, lorsqu'il parlait, les gens le regardaient dans les yeux, plongeaient leur regard dans celui de la bête, les gens l'écoutaient. Il excellait dans certains domaines de connaissances, des domaines dans lesquels il est inquiétant d'exceller : la composition chimique des planètes ou la discographie complète de groupes de hard-rock. Il tenta d'appliquer la même stratégie avec la vie courante ; seulement, dans ce domaine-là, il n'y connaissait rien. Alors il s'évertua à tromper et à convaincre. Le comédien était bon, on ne démêlait pas l'assurance réelle de l'effort de suradaptation. De ces années d'aisance sociale, où son regard captivait, il garde le souvenir d'avoir réussi tout ce qu'il entreprenait. Sur la base de la parole donnée, les portes s'ouvraient toutes seules. Il reprenait confiance. Tout se passa ainsi, comme s'il avait procédé au meurtre du dragon.

Ordures

La rumeur des cafés, son carillon poignant, coïncidait de manière cinglante avec l'ascension des températures dans la rue de Belleville. Gestur sortait hagard, pressentant l'éblouissement. Sur le goudron de la rue de l'Équerre, le soleil s'agrégeait, blanc de craie, tiédissait ses joues mal rasées et son T-shirt kaki qui captait la chaleur. Des sandales de cuir à courroies épaisses avaient remplacé ses chaussures de montagne. Il descendait la rue aux enseignes chinoises. En dépit de la substitution progressive des kebabs, des bazars aux devantures poussiéreuses, par les commerces repères d'une nouvelle clientèle qui remplaçait les pauvres, l'arrivée d'un caviste flambant neuf et de bars à cocktails, les restaurants asiatiques parvenaient tous ou presque à se maintenir en place. Le boulevard, quant à lui, était une jungle urbaine. Il demeurait cette zone franche, interlope, dérangée. Son terre-plein central était le royaume des vendeurs à la sauvette. Les épis de maïs avaient succédé aux marrons chauds hivernaux depuis le mois d'avril et dévoraient l'espace dévolu aux étalages de canards laqués, aux prostituées chinoises, aux militants altermondialistes dénonçant les violences policières et le racisme d'État, qui tractaient sans relâche aux abords du métro. Là, on ne savait pas dans quel lieu on se trouvait ni même à quelle époque. Par quel truchement Gessi l'Islandais parvenait-il à oblitérer ce carnaval quotidien, étourdissant, d'une réalité qu'il venait infiltrer ? Comment la France vécue, la vérité sensible, échouait à s'imposer dans son esprit ? Pourquoi n'entachait-elle jamais l'autre France, mythique, mythomane, qui demeurait dans le fond de ses yeux comme un tricot de laine entravant la froidure, de ceux qu'il portait enfant sous ses chemises de coton ? Cet *undirföt* couleur crème qu'il ne quittait que pour prendre un bain, qui étanchéifiait le corps et le prémunissait contre les refroidissements, anesthésiait maintenant son jugement et ses craintes.

Le fond de l'œil de Gessi contenait donc un filet, réceptacle d'objets et de personnes, de mots et de gestes qui n'arrivaient jamais jusqu'au cerveau. Ce résidu était comme le dépôt tannique d'un vin dont il s'abreuvait. Il fallait en passer par là, encrasser son filtre oculaire pour gagner l'accès à la France telle qu'il en faisait mention dans son journal intime, ou les conversations qu'il avait au pays, une fois retourné à Reykjavík. La rétinographie personnelle de Gessi était un discours libre, fantasmatique, heureux. Seuls seraient exhumés, de ce matin de juin, les mangeurs de croissants aux terrasses de café, les chaises en imitation rotin, les garçons de café et les cigarettes. Finalement, cela ne l'étonnait pas du tout que les rues de Paris fussent le théâtre de manifestations violentes ; les vitrines, le réceptacle de pavés ; les terrasses de café, la cible des terroristes. La barbarie n'entamait pas seulement la liberté abstraite, le fronton des mairies, mais l'affranchissement quotidien des Français face aux éléments naturels, aux contraintes des horaires et à la solitude. Les terrasses de café attribuaient leur licence de sociabilité, de plaisir, de repos, à qui le désirait. Le pays de Cocagne avait le goût précis qu'il prêtait à ce vin perdu, auquel il arrachait son ivresse, le goût des robes d'été. Il fallut que notre pays fût celui de l'insouciance pour que la violence en vienne à enrayer et à punir, à massacrer cette joie.

Un samedi matin, il s'était rendu chez le marchand de fruits et légumes. Il avait rapporté un peu de tout, sans logique dans le choix des végétaux ni dans leur quantité. Une spécialité de Gestur, qui n'est jamais parvenu à rationaliser ses achats. Séduit par les couleurs, les formes et les textures, il raflait tout, testait tout, surtout ce qu'il n'avait pas souvent l'occasion de manger. Il se moquait de moi quand je lui faisais remarquer que les fruits qu'il rapportait n'étaient pas « de saison », une considération qui ne pouvait pas exister chez lui, où rien ou presque ne poussait naturellement. Diffuseur patenté d'anarchie ménagère, Gestur ne percevait pourtant pas le chaos, le tourment qui nous sautaient aux yeux. Le sentiment d'insécurité étreignant la société française était mon expérience, non la sienne. Il n'était pas certain d'identifier ce que je désignais quand je l'entretenais du désordre français, à moins que ce ne fût que folklorique.

— Je crois que tu refuses vraiment d'admettre ce qui se passe chez nous. C'est pas Maïté ou les grèves de la SNCF, le problème, *Gessi min*.

— C'est peut-être que vous vous inventez des conflits, parce que vous n'avez pas à affronter la nature.

Chez lui, dans le *Fréttablaðið* comme dans les autres quotidiens, on trouvait deux cartes affichées l'une à côté de l'autre, prévisions météo et prévisions sismiques. Chaque matin, Gessi les passait en revue. Pendant la saison des aurores boréales, approximativement entre octobre et mars, s'ajoutait une troisième carte, qui permettait de se rendre sur le lieu de leur épiphanie (Gestur pourrait également mentionner la météo divinatoire de la tasse de café de sa mère, tout aussi bien gloser sur le discours de sa voyante, mais tenons-nous-en ici aux données scientifiques). En se livrant à cet espionnage industriel de l'œuvre des dieux, on connaissait la force de son ennemi. Là-bas, l'ennemi de la liberté, c'était la nature. Mais la nature, parfois, divisait pour régner. La propagation fulgurante du lupin d'Alaska dans certaines régions de l'île ces dernières années avait semé la zizanie. Tout le monde avait son avis sur la chose et mettre le sujet sur la table pouvait dégénérer en déclaration de guerre. Pour certains, c'était une fleur splendide, qui ravivait de son mauve estival la teinte des vallées noires, qui courait en contrebas des glaciers et des champs de cailloux. Le lupin avait l'avantage de lutter contre l'érosion, aggravée par la disparition des forêts et des siècles d'élevage intensif. Pour d'autres, c'était une dénaturation odieuse du paysage islandais, une invasion incontrôlée commise par un herbacé allochtone. Le lupin n'était pas plus islandais que le sapin de Norvège, dont on ripolinait ci et là les abords vaniteux de lieux touristiques. À quelques endroits s'était formé un front antilupin, on dénonçait le sans-frontiérisme de ceux qui l'avaient introduit sur l'île. Certains propriétaires du Nord, fermiers ou citadins y possédant une *sumarhús* – une maison d'été –, entraient en conflit, parfois en procès. Le lupin d'Alaska ne voulait pas entendre parler de poste-frontière. Il déboulait, il tapissait tout ce qu'il voulait.

— Tu permets ? On se dispute avec ce qu'on a sous la main. Pour vous, c'est plus facile, persifla Gestur. Un jour, vous aurez tellement de fruits dans vos vergers qu'il vous faudra vous opposer à leur propos. Pas possible de s'en réjouir seulement, d'en profiter, trop simple. Il faudra une nouvelle fois créer des polémiques, publier des livres, recevoir des philosophes sur des plateaux télé, faire des manifestations... Des grèves. Il y aura ceux qui voudront les manger sur l'arbre et ceux qui voudront en faire des confitures. Ce sera intense et passionné. On se souviendra de la guerre des confitures.

Nous étions des enfants gâtés. Nous étions des insatisfaits. Mais ce qu'il prenait pour un gâteau – le packaging séduisant de la France – n'était-il pas qu'un amas de sciures ? Une conversation sans conséquence qui s'était tenue exactement la veille de l'assassinat de Jean-Baptiste Salvaing et de Jessica Schneider par Larossi Abballa à Magnanville, petite commune des Yvelines dont le pittoresque, sans s'y limiter, tenait dans l'aile d'un château ayant été construit par le fermier général Savalette au milieu du XVIIe siècle. Il était aujourd'hui reconverti en centre de gérontologie. Le blason de Magnanville comptait deux lances dorées sur fond bleu (une héraldique d'azur au chevron écimé, accompagné en chef de trois fleurs de lys, en pointe de deux fers de lance passés en sautoir, tous d'or). Un autre soir de juin, le roi Philippe Auguste avait chevauché dans la direction de Mantes et, ayant aperçu ce blason, il s'était écrié : « Oh, les belles lances ! » Ni Jean-Baptiste, qui tenta d'échapper au terroriste et décéda de ses blessures dans la rue, ni Jessica qui fut égorgée chez eux, devant leur petit garçon, n'eurent le temps de donner leur avis sur l'arme blanche qui mit fin à leurs jours. Fut-ce le drame de Magnanville qui arracha la langue de Gestur Sigmundsson ? Il se terra dans un silence et un isolement qui me laissa perplexe. Magnanville était un village de caractère, qui conservait un aspect rural. On aurait aisément pu l'inclure dans les pages du magazine d'Alex. Comme j'entretenais Gestur à ce propos, il murmura seulement : « C'est impossible, maintenant. » La réalité de Magnanville menaçait à tout moment de déborder de ses ornières, alors il décida de lui barrer la route et il la remisa dans le filtre à ordures qui se trouvait au fond de son œil.

Moutons

Cela fait longtemps qu'il a accepté de mal dormir. Son sommeil est au mieux hachuré, au pire inexistant. Il n'y a pas de dégagement, si peu d'isolation entre le jour et la nuit ; la pesanteur du jour se vautre sur son corps, l'écrase avec tous ses éléments comptables et sa paranoïa, sa colère et sa nostalgie ; il ne peut rien faire, il attend que ça passe. La nuit est devenue son terrain d'entraînement, son acceptation du tourment quotidien, l'apprentissage qu'il fait de cette acceptation. Sur l'écran de l'ordinateur, des vidéos s'enchaînent. Au départ, c'étaient des tutoriels d'autohypnose pour s'endormir tout seul, des trucs formulés avec une condescendance pleine d'entrain par des praticiens américains, les mêmes qui guérissent du tabac ou de l'homosexualité, seulement ça n'a jamais marché sur lui, et tous ces Quakers enrichis, ces soutiens de Trump, avec leurs dents blanches, ont fini par l'exaspérer. Désormais, sur YouTube, il choisit des programmes pour mettre à profit son inaction forcée, il se cultive auprès de gens qui lui expliquent l'influence de Kant sur le personnalisme, les origines de la langue finlandaise, l'histoire du football ou de l'Empire ottoman, la psychologie féminine ou la formation des icebergs. Au bout d'un certain temps, le trop-plein d'informations conduit à l'overdose; impénétrable, le flot s'est calcifié et, la tête posée sur l'écran, il s'enfonce dans le sommeil. Il n'est jamais aussi certain de s'endormir que ces fois-là, quand on le sollicite et qu'on lui laisse entendre qu'il est des choses qu'il ne peut décemment continuer d'ignorer. Mais il arrive aussi qu'il ne dorme pas du tout. C'est du moins l'impression que lui laissent ces nuits-là, des nuits qui préfigurent l'emprise des Enfers sur l'âme. La poisseuse sensation de se sentir coupable est due, il le sait, à la baisse des défenses psychiques, l'impression de harcèlement que son esprit lui impose est un vertige mais il n'y peut rien, ces crimes ne sont pas les siens, il ne veut pas payer. Au petit jour, il procède à l'inspection méticuleuse de ses mains, scrute jusqu'au bout de ses ongles. Aucune trace de sang. Il se lève, il va prendre un café et n'y pense plus.

Depuis que je suis moi-même devenue insomniaque, je sais ce que vit Gestur. À ces yeux de husky je renvoie un regard de compassion. Mon corps est douloureux et mon esprit, coupable ; je cherche comme lui un pourquoi aux heures inénarrables du retrait de la raison. Nous mutualisons désormais toute une pharmacopée qui s'étend du somnifère au tranquillisant en passant par des tisanes à la passiflore et des gélules de mélatonine, avec l'air entendu liant deux individus impliqués dans une débauche commune, nous n'avons plus besoin de nous parler. Parce que nous avons renoncé à supplier le sommeil, à compter les moutons, il arrive parfois que nous nous rejoignions vers trois heures du matin, comme le feraient des amants, mais c'est uniquement pour regarder ensemble une vidéo sur les Tatars ou sur la crise financière. C'est notre nouvelle vie, une version morbide de l'attachement, dans notre appartement-campement. La vie commune, en attendant. Une forme d'amour après l'amour sans doute, cette souffrance nous rend frères. Alors ce n'est plus l'amour amoureux, c'est l'amour fondamental, qui soutient la douleur. En très bons gestionnaires de notre déchéance, nous sommes des contempteurs d'un mode de vie normal, rassurant et sans aspérité. Il m'arrive aussi de pleurer d'épuisement. Des angoisses arbitraires s'emboîtent l'une dans l'autre. J'ai peur qu'Erling se réveille et c'est cela même qui me fait pleurer – il m'a rendue sensible au moindre son perçu, il est la raison même de ma vigilance accrue, de mon incapacité à l'abandon. J'ai peur de ne plus jamais pouvoir me rendormir, peur de rester toute ma vie dans cet état. Peur de devenir folle, de finir ruinée par les charges de cet immense appartement familial sans utilité pour nous qui avons démembré notre couple, j'ai peur de ne jamais pouvoir m'en sortir. Le matin, la honte me saisit. Un réflexe de fierté.

C'était une nuit en plein milieu du mois de juillet à Flókadalur, sur les bords de la rivière Geirsá, un coin du sud-ouest de l'Islande pas très loin de Borgarnes mais déjà dans les terres et parfaitement isolé de la civilisation. Des moutons, qu'on ne rassemblerait qu'à l'automne, traversaient la vallée, ils allaient et venaient de manière anarchique et laissaient tomber leurs cheveux sur leur pâture, de grosses touffes de laine blanche et brune flottaient dans l'air et puis atterrissaient dans l'herbe déjà rase; le tout formait un manteau de différentes matières qui s'agrégeaient sur le sol érodé. Quelques fermes sont ici laissées à l'abandon ou bien reconverties en petites *sumarhús*. Le confort de ces maisons, assez éloignées les unes des autres, est très variable. Aucune autrefois n'était équipée de chauffage, c'est pourquoi il n'était pas souhaitable de s'y rendre après le 15 août. On en trouve désormais avec de petits bassins intérieurs, d'autres sont munies de vérandas qu'on orne de plantes tropicales. Sur le modèle des bananiers cultivés dans les serres de Hveragerði, monsteras et succulentes parviennent donc à survivre et même à prospérer (les bananes sont vendues dans un emballage en plastique transparent doté du drapeau national, qui figure également sur celui des concombres islandais ; cette culture en serre développée après l'indépendance est une fierté candide). La géothermie est un miracle qui ne va pas sans cette pénétrante odeur de soufre surgissant dès qu'on ouvre un robinet d'eau chaude. Et la petite salle de bains de Flókadalur ne dérogeant pas à la règle, Gestur m'avait mise en garde contre ce désagrément olfactif, mais j'avais aimé l'idée de prendre une douche avec de l'eau chauffée par la pierre volcanique, peu m'importait ses relents.

La petite maison en bois que nous occupions présentait le décor frugal d'une ancienne bergerie. Des couvertures avaient été disposées au bout des lits avant notre arrivée, elles n'étaient pas épaisses. Il y avait un vieux Frigidaire et plusieurs paires de souliers en peau de mouton au pied d'un sofa recouvert d'un jute aux couleurs passées, toutes confondues dans ce qui avait dû initialement être un patchwork, mais qui n'avait jamais été lessivé et qui était si usé qu'on n'en distinguait ni les motifs ni les teintes. Le temps s'était arrêté. Un bouquet de fleurs séchées sur la table de la pièce à vivre matérialisait cette discontinuation dans le mouvement des secondes, dans le passage des ans et des générations. On ressentait ce figement dans le décor de glaciers qu'on apercevait depuis la terrasse, des montagnes bien réelles, lustrées, inaccessibles, qui se trouvaient pourtant à des centaines de kilomètres, séparées par des bras de mer, mais qui, par effet de mirage, semblaient si proches et encadraient de leur joug la réalité du paysage de Flókadalur dans une immuabilité indissoluble, dans une Islande à jamais coupée du monde et du progrès technique, miséreuse, revêche et nue. Ce devait être la part mal enterrée d'un passé qui surgissait de nulle part, comme une main sortie de terre, ça vous prenait au cœur dans un bouquet de fleurs sèches puis ça vous enserrait dehors. Nous avions extrait de la voiture nos provisions pour les jours à venir, et cette bouteille de vin blanc que Gessi m'avait demandé de récupérer au *duty free* en arrivant à Keflavík (il n'achète plus de bouteilles au Vínbúð, la chaîne des magasins d'État, les seuls habilités à vendre de l'alcool : les prix annoncés le révoltent). Nous avions immergé la bouteille dans la Geirsá ;

j'ai encore cette photo de Gestur de dos, la disposant entre deux gros cailloux dans une petite cascade, accroupi, nuque rose et parka noire. On trouve au supermarché Kronan un honorable rayon de viande marinée, c'est là que nous avions acheté des filets d'agneau pour notre barbecue. Nous étions isolés et parfaitement heureux de ces retrouvailles en pleine nature. Nous étions, alors, amoureux.

Quelques heures plus tard, Gessi me regarde dormir. Il s'est réveillé après un ou deux cycles de sommeil. Spontanément et sans raison, il en a l'habitude et ne lutte pas. Il me regarde dormir. J'ai placé sur mes yeux un masque, parce qu'en l'absence de volets ces nuits d'été éblouissent. Sur ce masque noir de la compagnie Icelandair, on peut lire un hashtag, *#draumurinn*, qui signifie « le rêve », c'est amusant tout ce que le marketing impose à la vie personnelle. Il n'est pas possible de cliquer sur mes yeux, d'avoir accès au contenu de mon sommeil, mais je dors, je dors bien (la scène se situe bien avant que tout s'effondre, et avant que ma survie – ou ma perte – ne revête une réelle importance, c'est un an et demi avant la naissance d'Erling, il y a encore cette innocence de vivre uniquement pour soi qui permet de dormir). Cette nuit de la mi-juillet a ses heures délicates, heures à la solitude achevée, là-bas dans la campagne où nul ne vous entend geindre ou soupirer ou rire, où tout vous signifie, justement, votre insignifiance, là sous une clarté de juillet qui n'est jamais vraiment la nuit, qu'une zone grise, mauve à certains moments, qui revêt le teint cireux d'une nuit américaine, technique de sous-exposition qui fonce le film de votre vie, et ni votre naissance ni votre mort ne sont évoquées dans ce long plan-séquence, les sensations vous sont retirées, du moins elles vous sont différentes. Elles ont presque abdiqué, renonceraient à souligner la douleur ou la peur si elles se présentaient, jetteraient un voile sur les hurlements et les sanglots, mais surexposent l'étonnement qui surgit à la vue de certains détails, segmentant la vision de ces éléments de décor dans un ralenti qui tient de la stupeur.

Il se lève, se sert un verre d'eau, qu'il vient boire à la fenêtre. De là, il aperçoit trois moutons qui dorment devant la maison, trois petites boules dont la noire, celle du milieu, mon mouton préféré, auquel je me suis adressé en sortant de la voiture. Il a pour ce mouton une tendresse particulière car j'y ai accordé de l'importance. Il est trop loin pour observer son petit ventre se soulever chaque fois qu'il inspire mais il imagine bien que cela se déroule ainsi, cette boule noire l'attendrit, il pense à sa petite existence si vaine mais si intéressante. Cette plongée dans la vie du mouton est permise par la nuit. D'un coup, le corps de l'animal lui est devenu indispensable et s'il n'y avait pas la réverbération de la laine des deux autres, il ne pourrait le voir aussi bien, il s'en félicite. Il savait qu'il ne trouverait pas de connexion Internet hors celle de son téléphone, Flókadalur est un tel trou paumé, comme une île déserte au large de la route 50. C'est pourtant ici qu'il a voulu m'emmener et m'avoir pour lui seul, il ne regrette rien. Son téléphone peine à trouver du réseau, mais lorsque enfin connecté il peut au moins lire la presse britannique, elle lui offre des nouvelles internationales plus détaillées que la seule lecture du *Fréttablaðið*, et c'est là qu'il apprend la nouvelle, c'est ici qu'elle lui parvient comme un non-sens, cette nouvelle venue du continent qui le frappe et l'engourdit comme un coup de marteau. Il est question d'une foule immense fauchée par un camion. À la première lecture, il ne comprend pas bien ce qui a pu se passer, mais c'est en France que cela a eu lieu et tout de suite lui reviennent mon visage et mon corps allongé dans la chambre à côté, endormie avec le masque d'avion. Il m'a entendue faire référence au feu d'artifice du 14 Juillet il y a quelques heures, prétendre que je regrettais de ne pas y assister, et ce qui s'est passé à Nice, qui n'est pas encore, à l'heure où il parcourt *The Guardian* sur son téléphone, très justement qualifié, donne au 14 Juillet un goût infect. Or les cris de terreur ne lui parviennent pas, l'horreur n'imprime pas, ni le nombre de morts, qui, du reste, n'est pas encore arrêté. Il lit et relit le récit du drame donné par cet article mais il ne parvient pas à prendre la mesure, jusqu'au moment où, d'un coup, il se lève, pose le téléphone et place ses deux mains juste devant ses yeux, et en vient à traquer désespérément des traces de sang sur ses doigts, à désirer les voir apparaître pour comprendre pourquoi il se sent tellement coupable. C'est monté soudainement. La nuit tombe le masque, et dans la persistance du jour elle redevient ce qu'elle a toujours été, un cauchemar éveillé décuplant les sensations, elles sont revenues d'un coup avec la force cinglante d'une eau bouillante trop longtemps refoulée, elles ont rasé toute sa lucidité et font trembler ses mains, elles font battre son cœur mais il n'y peut rien : ces crimes ne sont pas les siens, il ne veut pas payer.

Ici on n'entend que le bruit de la rivière. En ouvrant la porte de la bergerie, on n'entend rien, ce rien lourd d'un secret dont il est désormais l'unique détenteur à la ronde et qu'il choisit de ne pas me révéler maintenant. Plus tard, il racontera ne plus se rappeler comment il a fait pour retrouver le sommeil à ce moment précis du cauchemar de Flókadalur, mais il a dormi longtemps sur le matin, tandis que je débutais ma deuxième journée de vacances avec un entrain déconcertant, gratifiée du présent de l'ignorance. Vers onze heures il a pris son café noir et son bol de Cheerios trempés dans l'*AB mjólk*, yaourt contenu dans une brique de lait, sans rien laisser paraître. C'est seulement quand je lui ai fait remarquer l'heure qu'il était qu'il m'a regardée et puis qu'il m'a dit « Aurore, il y a eu un accident en France », pour justifier son décalage horaire et me rendre plus sensible à sa cause insomniaque.

Gestur Sigmundsson est très fort pour ne pas nommer les choses, et plus encore pour les reconstruire. Contre toute vraisemblance, c'est ce à quoi l'a mené l'archéologie, non pour infirmer les légendes, mais pour aller dans leur sens ou, devant le caractère incontestable des preuves scientifiques, verser dans des palabres établissant une comparaison nuisible entre différentes versions de la vérité. Devant l'évidence du caractère non accidentel de l'incident de Nice, devant le meurtre de masse que constitua la tuerie de Nice, il évoqua ainsi la survenue d'un « accident ». Pas pour me préserver, non. Parce qu'il continuait à refuser de nommer le mal, parce qu'il ne voulait pas pointer l'agression, parce qu'il le répète à l'envi : il ne sait distinguer les soldats des autres individus quand il arrive à la gare du Nord depuis Roissy, malgré l'uniforme et les fusils ; il ne comprend pas l'assaut des black blocs en marge des manifestations, les actes de déprédation sur les Champs-Élysées ; il vient d'un pays sans armée, sans violence et même sans juron, la haine et la défiance ont toutes les peines du monde à s'imposer à lui. La peur, pourtant, l'habitait cette nuit-là, mais il ne se l'avoue pas et ne me l'avoue pas. Il était retombé dans l'amnésie. Pourtant, c'était moi qui dormais, ce bandeau sur les yeux, et c'est lui qui ne pouvait lever les yeux de son téléphone ; mais qu'à cela ne tienne, tout cela n'était qu'un mirage, un accident de plus, comme un éboulement de terrain observé depuis la vallée. Or, bien évidemment, ce n'était pas le réel, le problème, c'était son discours qui a déformé la réalité, c'était sa langue qui produisait l'effet d'optique, il parlait de manière hallucinée, comme la vision qu'on avait ici des paysages, la vision de cette tapisserie de glaciers qui rend claustrophobe. « Chaque fois que je retourne en Islande, m'écrivait-il un jour dans un anglais qui, déjà, déformait sa perception première, créait une distance avec sa pensée islandaise, et qui s'apprêtait à être encore perçu d'une troisième manière par mon esprit français, chaque fois que je retourne en Islande, quand je replonge dans cette lumière bizarre et dans cet air glacé, je suis étonné de voir jusqu'où mon regard a le pouvoir de s'étendre, en l'occurrence de l'autre côté de la mer, jusqu'au glacier Snæfellsjökull, qui se dresse là sur le ciel dans un halo doré. Par effet de mirage, la montagne semble bien plus grande et bien plus proche qu'elle n'est. » Enfin, qu'-est-ce qu'il raconte ? Que dit-il ? Évidemment que c'est son pays de dingues qui lui atrophie le cerveau, qui l'a rendu incapable de nommer les choses correctement et d'appréhender les proportions justes. C'est son pays irréel qui a effacé la terreur, c'est la laine qu'il a disposée sur le mot « terreur », qui amortit, assourdit, anéantit, la laine du tricot de corps crème qu'il a au fond de son œil, c'est la laine qui tombe des moutons sur l'herbe du pâturage.

Lorsque, le lendemain, nous reprenons la route 50, il me parle de tout autre chose : « Là, dans cette ferme que tu aperçois à notre droite, vivaient deux fermiers, deux frères. Après que le premier a passé l'arme à gauche, le second est mort de chagrin. La ferme a été reprise par le gouvernement. Egill le Scalde était le fils de Grímr le Chauve, comme le nom de la saga l'indique, et d'après cette dernière, il serait né à Borg vers 910. » Nous roulons comme si rien n'avait eu lieu en France, parce qu'ici rien n'a lieu. Le long de la route, les moutons ont remplacé les êtres humains, c'est pourquoi il s'étend aussi à propos de *þel*, qui désigne leur duvet de laine si chaud, et *þel* est un préfixe pour parler des douceurs de la vie, de la convivialité, une forme d'amour tendre, et désormais je voudrais crier, je voudrais appeler à l'aide mais il n'y a personne qui peut comprendre ma douleur, personne qui saurait partager avec moi la douleur d'être française à cet instant ; je ne peux pleurer avec les miens, définir exactement ce que je ressens, car en l'absence de ceux qui souffrent, ma souffrance n'émerge pas, elle ne peut exister que par reconnaissance, identification par ceux qui savent, et également ressentent. Il n'y a personne ici, mais il y a des moutons. Des moutons éparpillés, imbéciles, déversés sur des centaines de kilomètres carrés, une armée de moutons fragiles et impuissants qui vont là où leurs pattes les portent, nulle part tout aussi bien. Et maintenant ferme-la, Gestur je t'en conjure, et retire la laine entre toi et le monde, retire ça tout de suite, vire-moi ces putains de moutons de ton champ de vision, dégage-moi ces mirages qui jugulent la vue, regarde-moi bien en face, dans la guerre qui se joue : accepte pour de bon cette guerre qui se joue.

Le mal du pays

Ç'avait été un choc, peut-être l'unique choc depuis le début de son existence. Maintenant elle devait se débrouiller toute seule, non qu'elle eût abjuré sa foi, simplement qu'elle n'entendait plus les réponses du Tout-Puissant. La décimation de ce qu'il restait de clergé à la France ne pouvait être une manifestation de l'amour de Dieu. Déjà, elle assistait de son vivant au tarissement douloureux de la sollicitude divine. Tarissement naturel ? Mais ça n'avait rien de naturel, la fin des prêtres (pas plus qu'était naturelle la religion, ni sa fin). Dans le doyenné d'Hennebont, regroupant pas moins de huit paroisses et rattaché au diocèse de Vannes, la messe dominicale était désormais dite alternativement, un dimanche à Inzinzac-Lochrist, un autre à Saint-Gilles, au Guirel, etc., étape préliminaire à l'abandon puis à la désacralisation de bâtiments dans lesquels elle avait reçu tous ses sacrements. Mais elle n'aurait pas conçu – et ce fut là le choc, ce fut l'avertissement – qu'il soit possible en France qu'un prêtre meure égorgé en pleine célébration. Cela vint imprimer sur Anne Bernier une marque indélébile et ça la mortifia.

Mon père m'évoque une stupeur, une pétrification. De cette séquence-là de leur été, passé comme chaque année dans la maison de famille en bordure du parc botanique de Kerbihan, il tire une impression d'atermoiement sans but. Anne n'apparaît plus dans ses radars. Ils ont appris la nouvelle ensemble, à l'heure du déjeuner, par alerte sur mobile, par le truchement de ce branchement continuel au monde, auquel ils donnent tout pouvoir, sans l'aimer. Ça leur a fait passer l'envie de se resservir du kouign-amann. Quelque chose les affecte dans cet acharnement des informations à vouloir les atteindre, ces flèches acides qui pleuvent, ils ne sont pas de cette génération qui en conçoit la nécessité. Du reste, les infos pourraient être meilleures, on pourrait nous donner des nouvelles de personnes qui vont bien ou de processus aboutis, mais ce n'est pas ce qu'on choisit de valoriser. « *If it bleeds it leads* », disait parfois Gestur, prenant l'accent texan.

Le fait qu'Adel Kermiche et Abdel Malik Petitjean, petits djihadistes à smartphones, aient fait irruption dans une église normande pendant la messe pour y tuer des chrétiens au nom d'une prétendue guerre de civilisation dépassait l'entendement. Précisément, le prêtre qui officiait n'avait-il pas passé la dernière année de son existence à défendre le dialogue interreligieux ? C'était mal remercier ce cœur pur. « Mais c'est, à ce que j'en sais, le ressort du démon, non ? Il frappe toujours les justes en premier. » Les rencontres du curé d'Ars avec le diable furent alors mentionnées par Thierry. Il fallait que ce soit son sceptique de mari, son impie de mari, qui lui remette en tête Jean-Marie Vianney et ses altercations avec la bête qui incendiait son lit. Leur discussion s'arrêta là et chacun éteignit sa lampe de chevet.

Dans sa pratique quotidienne du catholicisme, il sembla à mon père que son épouse avait occulté le mal. Ce dont il était en fait question, à travers la cécité d'Anne, c'était d'un sentiment de toute-puissance, d'une impossibilité de se concevoir comme l'autre de quelqu'un, d'échapper au sentiment d'imposer à l'autre ses différences. Ma mère se défendait d'imposer quoi que ce soit, elle était bien gentille. Les souvenirs d'attentat tendaient non pas à s'effacer, mais à s'édulcorer. Anne ne retenait plus de ce carnage perpétré en plein Paris contre un média de presse écrite qu'une communion poignante, des gens qui voulaient s'aimer, malgré tout. Elle considérait la réaction au drame plus que le drame lui-même, c'était la seule réalité qu'elle parvenait à accepter, dans cette infirmité de l'acceptation. Cette réaction était inadéquate, ou plutôt était-elle appropriée à l'inadéquation dans laquelle vivaient ma mère et une grande partie de ses contemporains. Car ce qu'ils appelaient « humanité » ou « civilisation », notions au nom desquelles ils s'étaient couchés devant l'ennemi, n'étaient en fin de compte que l'expression d'un vide d'humanité, de civilisation ; aucune société humaine n'avait avant la leur ainsi offert à son adversaire une riposte en forme de défilé pacifiste, aucune n'ayant souhaité sa fin avec un tel contentement de soi.

La première fois fut émouvante, on en aurait eu les larmes aux yeux. Thierry se souvenait de cette commotion intérieure, un vertige inexpiable. La tuerie, bien sûr, le défilé ensuite, un grand moment de fraternité. Cela disait qui nous étions de manière irréductible. Nous étions des démocrates. Des chrétiens, des post-chrétiens. Nous étions défenseurs de l'esprit critique, au nom de quoi nous tolérions et encouragions la satire des religions. Les instigateurs des attaques de Paris semblaient tenir en estime l'Occident au point de nous envisager comme des adversaires, là où nous affirmions n'en avoir aucun, puisque notre modèle était le meilleur et que nous l'avions, imposé partout, présumant que devant de telles évidences – la démocratie, la libre conscience – tout le monde serait d'accord. Comme le prêtre égorgé, ma mère pensait que le dialogue, que l'amour seraient plus forts. Comme ce prêtre, elle pouvait mourir.

« La même semaine, les islamistes de Boko Haram fauchèrent des centaines de vie au nord du Nigeria, mais il en fut à peine question. Parce que ce qui comptait, c'était nous. Nous étions le centre du monde. Le monde lui-même n'était pas lui, c'était juste l'Occident qui s'appelait Monde, de son discours occidental, avec ses états d'âmes occidentaux », rappelle alors Thierry. Sa voix se voudrait railleuse, mais elle me parvient enrobée de fatigue (pas sa propre fatigue : la fatigue de son temps, la fatigue de son lieu). « L'attaque de Daech sur le sol français délivrait un message de grandeur, développe-t-il peu après. De grandeur, oui ! Les combattants d'Allah avaient tenté en vain de réveiller des morts. La fin de ce long sommeil promettait d'être revigorante, à condition que nous fussions demeurés nous aussi des soldats de Dieu. Mais c'était une chimère, car après chaque carnage, de l'amour survenait, et un désir de paix. Des bouquets de fleurs jaillissaient sur les trottoirs purifiés à la hâte. Il n'y avait plus de sang, il n'y avait plus de morts. Les morts étaient chez nous dérobés à la vue, la fin n'existait plus, sinon par omission. Daech feignait la victoire, la guerre contre les chrétiens, mais on ne lui faisait pas la guerre, on lui faisait la paix, on lui faisait l'amour. On éteignait la tour Eiffel pour dire qu'on était triste. Paris se sertissait de chapelles spontanées, de photophores d'appoint. Paris, "celle qui porte la bannière de la croix en Europe", qu'ils disaient. Et puis quoi encore ? » fulminait mon père. Une rhétorique douloureuse, qui soulignait l'avis de décès.

Thierry Bernier visait juste. Chaque fois ou presque, les islamistes renouvelaient le baptême chrétien (chez l'ennemi, cette mention aux « croisés » prenait le pas sur la haine du divertissement ou du capitalisme, puisqu'au fond tout cela les avaient constitués plus qu'ils ne se l'avouaient : ils flinguaient en survêt, filmaient, téléchargeaient). Ils s'acharnaient à nous plonger la tête dans l'eau bénite. En les nommant « croisés », ils offraient aux Européens les certitudes sur leur identité qu'eux-mêmes niaient avec ferveur, dans un oubli volontaire et systématique de leur lignée et de leur magnificence. Ils pointaient des royaumes appuyés sur d'immenses cathédrales, oriflammes et tuniques chamarrées, des croix dressées vers le ciel. Ils venaient nous rappeler que nous étions impuissants jusqu'en notre tentative d'effacement de l'Histoire.

La vallée du Blavet demeurait inchangée. Paysage immuable et paysage lent, de toits d'ardoise, de rangées de fenêtres, de vieux, de chiens, de véhicules utilitaires. L'estuaire raccommodé par le pont du Bonhomme reliant Kervignac à Lanester, comme un canevas gris déterminant les limites de ce mode de vie subalterne. Hennebont portait beau malgré la fin des petits commerces, la fuite des jeunes, certes moins accentuée que dans le Finistère, pourtant sur toutes les lèvres. En termes de bouleversement des mœurs et d'insécurité consécutive au mélange des populations, en termes de communautarisation ethnique, Étienne calculait un retard d'environ quinze ans sur la région parisienne. Il aurait envisagé de s'installer à Hennebont s'il avait pu trouver du travail dans sa branche. Il affectait de brandir ce fallacieux prétexte à chaque tentative que faisait notre mère pour nous rendre coupable de ne pas vivre en Bretagne. Elle-même avait passé depuis longtemps les remparts de la ville close, mais Hennebont persistait, en fantasme, en nostalgie.

À Singapour, le projet de la Végane Armorique n'avait pas abouti, mais une crêperie carnivore avait vu le jour, dont Émilie et Étienne déléguaient la gérance. Entre un salon de massage et un restaurant indien, la guinguette du P'tit Breizh affichait un décor maritime d'une ringardise décomplexée, dans une ambiance marine à la limite du kitsch, déployant l'attirail d'un vieux gréement saturé de poulies et de cordages. Il était plus facile d'exporter le folklore que de se confronter à sa disparition ; Étienne était parti pour ne jamais revenir. La fatigue de son temps, la fatigue de son lieu avaient très tôt imprimé leur marque sur l'esprit de mon frère. L'Europe était perdue, mourante, envahie de migrants : il ne voulait pas de ça pour ses enfants. Émilie ne prononçait pas les mêmes mots qu'Étienne, n'employait pas ces mots – sortie de l'agroalimentaire, je ne crois pas l'avoir déjà entendue s'exprimer en termes négatifs. Étienne avait rapidement laissé tomber l'aviron dans le détroit de Johor. La décivilisation dont il parlait, c'était lui qui l'incarnait le mieux, parce que c'était vraiment devenu un gros porc ruisselant dans ses Lacoste XL avec ses rêves de placements. J'avais été surprise qu'il ne s'intéresse pas davantage à En Marche !, le mouvement fondé par Emmanuel Macron, petit ministre bilingue de l'Économie, de l'Industrie et du Numérique de notre méprisable contrée. Dans le fond, il n'en avait rien à faire puisqu'il ne payait pas ses impôts chez nous. Pour rien au monde ils se seraient confrontés à nouveau à leur pays (disaient-ils « leur pays », en parlaient-ils encore comme du leur ?), dont ils conservaient par revanche une vision attendrissante, à la limite du pitoyable. Patrick Sébastien et Intervilles, le fromage odorant. Une boule à neige au fond d'un salon colonial.

Loin des malls et des *food courts* singapouriens, Anne Bernier se raisonnait. Elle s'était entretenue avec ce prêtre orthodoxe, un Roumain qui lui aussi passait l'été dans le Morbihan, dans le cadre d'un échange œcuménique. Elle voulut demander à cet ecclésiastique ce qu'il pensait de son séjour. Le père Alexandru lui déclara seulement qu'il avait grande hâte de rentrer chez lui. En lui faisant l'aveu spontané de son mal du pays, il avait coupé court à la discussion. Mes parents, peu après, prirent la route pour Dijon.

Une impression de normalité

Les panneaux de verre d'Harpa reflétaient les rayons du soleil et les décomposaient en différentes couleurs, petits éclats féériques égayant l'anthracite du bâtiment austère qu'eût été cet opéra flambant neuf sans l'ingéniosité de ses concepteurs. J'étais sur l'île de glace, il me fallait y demeurer, en latence, comme en rêve. Gessi donnait ce soir-là une conférence, dans une salle au sous-sol d'Harpa, portant sur la découverte, en 1995, d'une sépulture dans la vallée de Skriðalur. Le mort d'Eyrarteigur se drapait d'un halo de mystère. Mais Gestur insistait pour lire dans ses entrailles, il avait cette passion têtue jusqu'à l'absurde pour les réalités viscérales, comme sa mère auscultant le tracé des gouttes de café sur le rebord des tasses, explorant l'autre bout de la chaîne de connaissance. L'archéologie était une prédiction sur les réminiscences de temps anciens. Le passé qu'exhumait Gestur devenait cette sorte d'avenir déjà joué, non moins effrayant, non moins incertain, parfaitement inconnu. Il avait eu envie de donner une identité au mort d'Eyrarteigur, et il avait aimé inventer son histoire.

Comme une lampe allumée convoque les insectes, le silence du défunt attirait le mensonge. Sans que je comprenne ce qu'il racontait, il avait captivé son auditoire. Gestur faisait parler la tombe, on l'écoutait religieusement. L'assistance était composite, il y avait des étudiants, dont certains suivaient de près les travaux de Gestur, mais aussi ses amis, des membres de son réseau. Et je réalisai combien son biotope islandais m'était impénétrable, ses connaissances inconnues, sa vérité sous le boisseau.

Auprès des jeunes archéologues, l'aura de Gestur était immense. Ils n'avaient pas accès à Gestur tout entier. Ils ne voulaient pas voir la part d'invention, de divination dans le discours. Pour lui, ils auraient déplacé des montagnes – c'était le premier effet que Gessi produisait sur les gens, on voulait le servir, devenir son obligé et, sur les femmes, la fascination revêtait un caractère irréversible. À la fête clôturant chaque année le rassemblement des moutons de son oncle maternel, il y avait toujours ce moment où Gessi réunissait son auditoire pour lui conter des boniments comme autant de vérités. En bon mystificateur, il croyait ce qu'il disait, il était prisonnier de son propre récit. Cela pouvait durer des années avant qu'on se rende compte, années durant lesquelles en nous-mêmes les croyances s'enracinaient, les sentiments se fixaient, tant ses absences répétées rallongeaient le temps, et même le magnifiaient. Cela avait duré des années entre nous (notre histoire avait duré, il aimait souligner la polysémie du mot *histoire* en français, qui n'a pas son équivalent dans une autre langue, comme si, dans la nôtre, l'amour, sa construction, sa désagrégation, s'apparentait d'office à un récit, s'abîmait d'emblée dans la fiction). Non, pas plus que moi les jeunes archéologues réunis autour de lui dans le sous-sol d'Harpa ce soir-là n'avaient encore été déçus par cet homme qui comptait sur l'étourdissement, sur l'éclipse, pour imprimer durablement sa marque, pour racheter constamment son estime de lui-même. Quelle conscience avait-il de l'abus pratiqué ?

À la fin de la conférence, au moment où l'assistance prit congé, et alors que je descendais vers lui dans l'allée principale de l'auditorium, une femme l'aborda. C'était une petite femme souriante aux yeux clairs qui le serrait dans ses bras de manière appuyée. Plus âgée que moi, de dix ans je dirais. Il sembla surpris, ou ému de la voir. Je n'osai interrompre leurs retrouvailles et ne rejoignis Gessi qu'après le départ de cette femme.

— Qui était cette femme avec qui tu as longuement échangé à la fin de la conférence ? demandai-je une fois dans la voiture.

— Tu veux vraiment le savoir ? répondit-il après quelques secondes, son regard fixé sur la route

— Quoi, c'est ton ex, c'est ça ?

— C'est l'ex-femme d'un de mes amis. C'est la femme de Máni. Voilà.

La gravité dans sa voix me prit de court. La formulation m'interrogea. Était-elle encore, ou non, la femme de cet homme ? Il s'était exprimé dans la confusion. Qu'importe, je voulais savoir :

— Máni, le petit garçon de la photo dans ton portefeuille ?

Gestur soupira en redémarrant au feu vert. Il laissa s'installer un silence entre nous. Je m'en voulus d'avoir insisté. Tout autant, je lui en voulais de me laisser en dehors de sa vie. Si je comptais vraiment, pourquoi me taire les choses ? J'avais envie de comprendre. J'insistai.

— Tu ne veux pas me dire ? Tu es fâché avec lui ?

Il attendit d'avoir garé la voiture, puis d'en être sorti pour me répondre.

— Ce n'est plus mon ami, en effet, on peut dire cela. Il n'est plus là, tu comprends. Il est mort. C'est tout.

Je n'insistai pas, nous rentrâmes. Longtemps après me hantèrent le nom de Máni, son visage, les yeux rieurs du garçonnet de la photographie. Il demeura en absence, en non-dit. Une douleur suspendue, comme une sentence à venir, dont on ignorait l'avènement, la chute. Il ne reparla de lui que des années plus tard, quand nous devînmes amis, comme si la relation amoureuse m'avait à ce moment invalidée, nous avait éloignés en confiance, en confidence. Comme s'il avait fallu que nous nous soyons désaimés pour devenir âmes sœurs.

Le lendemain, nous partîmes vers l'est. Nous avions emprunté la route circulaire dans sa section sud, roulé toute la journée. Les régions traversées semblaient des mondes légendaires, vidés de leurs habitants, aux pâturages parsemés de ces petits chevaux à la longue crinière qui leur retombe sur les yeux, de moutons du côté de Selfoss, paysage montagneux d'où l'immense Hekla, sa forme de bateau renversé, son safran enneigé, se distinguait. Eyjafjallajökull était apparu dans la distance, et puis sa sœur, Katla, géants comme des demeures abandonnées, potentiellement hantées, dont le mutisme menaçait. L'attention portée à ces cratères enneigés n'était que l'expression d'une attente et d'une précaution, la dernière irruption de Katla remontait au début du XXe siècle, un jour ou l'autre adviendrait la prochaine. Par la suite et pendant plusieurs heures, la route s'enfonça dans le sable noir, rien ni personne ne troubla cette séquence, l'emprise du désert était totale. L'inquiétude nous gagnait, le détachement, la mort. Ce passage dans les limbes formait une enclave, une prison invisible. La mer, le sable et le ciel, répétés inlassablement, avaient le dernier mot. Gull Bylgjan, la radio des vieilleries que Gessi adore écouter au volant, avait cessé d'émettre depuis un bon bout de temps, et nous remettions en boucle ce morceau des Hollies qui disait « Bus stop wet day she's there I say Please share my umbrella » ; tout le reste du disque paraissait cafardeux. Mais cette chanson aussi nous était douloureuse car elle était enjouée. C'était pourtant le signe obstiné d'une présence humaine, une oriflamme de subsistance. Quand l'étendue de noir toucha à sa fin, nous trouvâmes une baraque à hot dogs en bordure d'un village – Gessi aime déguster le *pylsa*, le hot dog islandais, avec une quantité ahurissante d'oignons frits. Ce n'était pas très loin du Jökulsárlón, à la surface duquel j'avais aperçu des icebergs flottant comme des cygnes géants. Une pitance engloutie en silence, dans un soulagement indescriptible.

La rivière du Lagarfljót, large comme un estuaire, abritait depuis longtemps une bête légendaire à la forme de serpent que nul n'était encore parvenu à abattre. Gessi m'en fit la confidence, à la manière de celui qui délivre un avertissement. Ce n'était pas plus insensé que la présence des arbres tout autour de l'hôtel que nous avions gagné en début de soirée, à travers ce brouillard opaque comme un drap, propre à l'est de l'île. Certes de petite taille, les arbres étaient si nombreux qu'ils prodiguaient une impression de normalité inattendue. La salle était quasi déserte – il fallait être sacrément désaxé pour venir jusqu'ici. Au bar, nous commandâmes à dîner et des bières. Une fille de l'Iowa, superbe et longiligne dans sa polaire bleu électrique, nous confia son impatience de quitter ces contrées pluvieuses. Le nord, ensoleillé, lui délivrerait un peu de lumière. Le lendemain matin, Gísli nous attendait. C'était le guide qui allait nous emmener sur la Botndalsfjall – la montagne du fond de la vallée, si cela voulait bien signifier quelque chose. Avec sa bonne humeur et son humour étrange, Gísli nous instruisait de phénomènes géologiques insoupçonnés. Il y avait notamment deux types de lave solidifiée, des termes hawaïens les caractérisaient. La première lave, rugueuse et à blocs apparents, répondait au nom de « ‘a‘a ». Gísli prétendit qu'il s'agissait de l'onomatopée de la brûlure et cria tout d'un coup comme un animal qu'on ébouillante. Dans la descente de la fin de journée, nous croisâmes de jeunes Gallois engagés dans le sens inverse. « Vous êtes encore au début, vous n'avez encore rien fait, rien vu… », leur souffla notre guide. Une démonstration de force qui toucha deux jeunes filles. Elles l'implorèrent de se taire.

Lorsque nous revînmes en ville, le soleil réapparut. Les montagnes ceignant l'horizon mentaient sur la distance qui les séparait de la ville. Elles mentaient également sur leur âge, elles devenaient bleues ; exsangues, elles décédaient. Le temps qu'il fallait pour que leur image nous parvienne, elles avaient peut-être déjà disparu. Avant de rentrer à Vesturbær, nous fîmes un détour par le centre-ville. La foule des cafés débordait sur Skólavörðustígur, un climat de proximité et de chaleur humaine saisissant après la solitude éprouvée. Hommes et femmes se tenaient là, debout, en bras de chemise malgré cette fraîcheur et le vent cinglant leurs visages. « *Skál !* » s'exclamaient ces *Reykjavíkingar* en levant leurs pintes. Et leurs dents brillaient, leurs sourires étincelaient. C'était le chemin emprunté par la Gay Pride au mois d'août, un vaste tronçon de macadam était affecté du drapeau arc-en-ciel, un itinéraire de loisir et de perdition au contraste duquel je prenais la mesure de notre pesanteur. Mon amour était pur, sans faille, il n'avait pas encore douté de l'homme qui l'inspirait, cet homme avait encore tout pouvoir sur moi. En Islande, Gessi révélait une face énergique, quasiment maniaque ; il savait tout, montrait tout, agissait, rayonnait.

En rentrant à Paris, j'ai repensé à cette terre brûlée, ivre de morts, ivre d'anciens vivants. La descente de l'avion vers l'aéroport Charles-de-Gaulle décrivait de grandes étendues vertes et brunes, des parcelles agricoles savamment découpées, muettes et vulnérables. Mon frère répétait à l'envi, pour faire rager mes parents qui ne juraient désormais que par la vie loin de Paris, que les villes de Lyon, Dijon et Beaune étaient en réalité les mêmes, seule leur taille respective différait, ce qui permettait de les distinguer. Étienne prétendait que ces communes cultivaient une même architecture, une même manière de vivre, que les gens y étaient parfaitement identiques. Mon objection majeure portait évidemment sur la tuile vernissée, dont il n'était à Lyon connu aucune occurrence. Mais du ciel, je voyais mieux ce qu'il voulait dire. L'échelle était liquide, elle échappait, fondait. Ce fut d'abord toute la platitude des surfaces agricoles, ces monochromes d'ennui, principes de solitude. Elle céda le terrain à l'armée des pavillons de banlieue, l'enfer de la mitoyenneté, la cohorte de l'angoisse. Des routes émergeaient, comme des lacets, des cheveux, des maisons survenaient ; bientôt, je distinguerais des voitures, dont la course me semblerait insignifiante. Tout devenait si friable, tenu par le discours, la persuasion dont on faisait montre pour dire ce qu'on était.

En sortant de l'avion, je fus saisie d'inquiétude et me demandai dans quelle mesure ce qui m'entourait dans les couloirs de l'aéroport, mobilier urbain, vitres, écriteaux, boutiques, disparaîtrait et quand. Cela et notre langage, notre manière de vivre, nos croyances, notre histoire. Je me demandai quel faisceau d'indices on emploierait alors pour les exhumer. Je rentrai chez moi par le RER B et le bus 26, qui me déposa aux Buttes-Chaumont.

Les pieds sur la terre ferme, sur la terre consolante

Naissances

Erling naquit une première fois par un froid mois d'avril, dans le morne printemps des rues de Dublin où j'accompagnais son père à un colloque sur la fondation de la ville. Nous avions loué un petit appartement à Rathmines, dont les murs étaient saturés de messages positifs sur le sens de la vie et la volonté d'entreprendre, qui nous agressaient en lettres capitales. Chaque soir nous y puisions des envies de sabordage, de massacre des meilleures intentions. En début de soirée, Gessi rentrait du Trinity College, il posait son ordinateur, nous partions boire au pub et nous ne dînions pas. Il n'y avait pas encore de feuilles sur les arbres et nous marchions ensemble sur les pavés luisant d'humidité le long du Grand Canal. Nous ne soupçonnions pas l'existence de cet enfant. Espéré un temps, à l'automne précédent, il était demeuré comme une idée lointaine, un absolu qu'on évoquait en mots, sans qu'il soit possible de lui donner sa chance.

Chez O'Donoghues, non loin du St Stephen's Green, le garçon du comptoir aux longs cheveux bouclés était sémillant. Ou n'était-ce pas plutôt Gessi, soudainement exfiltré de lui-même, du personnage patibulaire qu'il jouait dans les cafés parisiens ? Plus tard, il le noterait dans son journal : avec les Irlandais, il n'avait pas besoin d'appliquer les règles de bienséance ou de cordialité soupçonnées à Paris, il pouvait parler librement, taper dans le dos des gens. Dans le pub, même avant d'avoir commandé, il avait sympathisé avec l'homme et il lui avait fait la conversation. Ce n'était pas le Gessi que je connaissais; l'homme avec qui je vivais avait donc plusieurs visages et plusieurs existences qui ne se chevauchaient pas, mais existaient conjointement. Qui était-il, quand il ne parlait pas français ? Quels événements déterminaient les circonstances où il avait besoin d'affecter l'authenticité ? Je le regardai rire aux éclats avec l'Irlandais, faire tournoyer le sous-bock comme une toupie sur le comptoir. Il ignorait la part de génétique dans ce qu'il ressentait dans les pubs dublinois. Après tout, ses compatriotes étaient des Nordiques de sang mêlé : l'Irlande avait été une étape avant l'Islande.

Il discourait sur le grand Þorgils en mangeant ses chips au vinaigre, à propos de sa flotte de cent vingt navires. Ce jarl norvégien avait accosté sur les terres de saint Patrick au début du IXe siècle. À l'emplacement du lieu-dit des « mares noires » (ou Dubh-Linn), il avait décidé d'établir le premier État viking hors de Scandinavie. Þorgils avait bâti un fort, que les Irlandais confondaient avec le château de Dublin, l'homme du pub lui-même était intervenu dans ce sens, mais Gestur Sigmundsson avait tempéré ses espoirs : on ne pouvait rien dire, on ne pouvait rien savoir. On pouvait toutefois commander une autre pinte.

Le stout tenait au corps. C'étaient nos repas ordinaires, nous nous nourrissions littéralement de bière pour éviter le corned-beef ou les desserts industriels. À quelques moments de la journée, je n'étais plus capable de tenir debout, ma tête chancelait, mes yeux se fermaient, et puis je m'endormais sur le sofa du salon aux messages positifs. « Si nous avions mangé correctement, je n'en serais pas là », avais-je confié à Gessi en le quittant à l'aéroport de Dublin ; il était en partance pour Reykjavík, tandis que je rentrais en France. Dans l'avion du retour, impossible de lutter contre cette fatigue. Je tombai dans le sommeil et ne rouvris les yeux qu'en arrivant à Charles-de-Gaulle. Cet état d'engourdissement éveilla mes soupçons. Quelques jours plus tard, seule à Paris, je découvris que j'étais enceinte. Gessi était toujours absent aux moments où on avait le plus besoin de lui. Je me remémorais le jour de la fuite du chauffe-eau, où je l'avais appelé éplorée au milieu de l'inondation. Ce matin de la mi-avril, il décrocha son téléphone en se figurant une nouvelle catastrophe ménagère, le plafond qui s'écroule, de l'eau partout. Fausse alerte, ce n'était qu'un enfant. Cette nouvelle l'apaisa.

— Moi qui ne savais pas quoi t'offrir pour ton anniversaire ! Écoute, ça tombe très bien.

Il ajouta que notre enfant me tiendrait aussi lieu de cadeau de Noël, puisqu'il devait naître aux alentours du 25 décembre. Erling, finalement, faisait très bien les choses. Gestur n'a jamais eu d'idée pour offrir des cadeaux.

C'était une matinée de printemps, la lumière était blanche. Le soleil aspergeait les trottoirs du boulevard Voltaire, les Parisiens n'en revenaient pas. Aux terrasses de café ils éclataient de rire. Je marchais rue de la Roquette, avec une sensation de force et de fragilité conjointes. Avec une idée fixe, qui semblait rationnelle : « Cet enfant m'a choisie, il m'a choisie comme mère », je me le répétais exactement comme s'il avait opéré une sélection. Il nous avait choisis pour être ses parents. Quelques semaines plus tard, j'entendis son cœur battre, fort et invariablement. Quelque chose, quelqu'un me dépassait, me voulait.

Erling naquit une seconde fois à Reykjavík, où je séjournais l'été suivant. Gestur travaillait, il creusait dans la terre. Je passais de longs après-midi pluvieux à la piscine de Laugardalslaug (littéralement, « le bassin de la vallée du bassin »), dans l'est de la ville, et mangeais des petits pots de glace sur le chemin du retour. Les rares jours de soleil, les Islandais bravaient la fraîcheur, sortaient leurs lunettes noires et siégeaient en terrasse en buvant des cocktails au son criard du funk des années 1980. Il y avait une outrance assumée, désespérée peut-être, une volonté farouche de téléportation jusqu'à Ibiza. Tout le monde était ivre aux alentours de 15 h 30. Le soir, Gessi m'autorisait quelques gorgées de bière : « De toute manière, cet enfant sera intelligent, il y a de la marge avant de réussir à en faire un idiot. » C'était même, selon cette théorie, lui rendre service que de boire un peu de bière. C'est durant ce séjour qu'Erling devint Erling. Nous disposâmes nos listes de prénoms côte à côte. J'avais consenti à abandonner l'idée d'un prénom français, afin de préserver une unité avec son patronyme. Gessi se pencha sur mes suggestions et fit la moue. Il trouvait mes suggestions « scandinaves, non islandaises ». De son côté, il avait toute une liste de mots imprononçables, dont la poésie, manifeste dans sa langue, ne parviendrait jamais jusqu'au Vieux Continent, et la sonorité, en France, évoquerait à coup sûr des marques de lessive ou des noms de bonbons. Erling fut notre seule proposition commune, et le mot désignait « le descendant de jarl ».

— Est-ce que ça pourrait être Erling Sigmund, s'il te plaît ? demanda Gestur, alors que nous venions de trouver un accord. Je voudrais pouvoir lui donner aussi le prénom de mon père.

Gessi ne me parlait jamais de son père. Il était pourtant Sigmundsson, le fils de Sigmund. Il répondait aux questions qu'on lui posait sur l'état civil de son géniteur ou sur le peu d'éléments biographiques qu'on osait soutirer de lui, son ascendance ou l'origine de la famille, en ayant toujours le sentiment d'enfreindre une règle qu'il s'était fixée et fixait du même coup à son interlocuteur. Si bien que j'ai toujours eu le sentiment que le père de Gessi n'avait pas existé en dehors des registres administratifs, qu'il fallait bien de temps en temps le mentionner pour donner le change, mais qu'à la manière d'une source dont l'eau s'est tarie, les lettres du prénom de son père, et celles du père de son père qui lui étaient adjointes selon le système patronymique en cours sur l'île, s'inscrivaient en creux sur une feuille, en la marquant de manière transparente. C'était une encre sympathique, une voix blanche. Il aurait fallu que quelqu'un dispose une seconde feuille de papier par-dessus la première, qu'il crayonne sur ces inscriptions indiscernables à l'œil nu, pour avoir accès à la réalité du père de Gestur.

À sa rencontre avec Jódís Kjartansdóttir, Sigmund Pétursson, garde-côte, était déjà dans sa quarantième année. C'était à l'époque de la deuxième guerre de la morue, l'Islande avait une nouvelle fois décidé d'étendre sa zone de pêche aux dépens des Norvégiens, des Anglais et des Allemands. Sigmund et ses matelots harcelaient les navires ennemis en lançant des coupe-chaluts qui perforaient leurs filets. Gestur s'était fabriqué un récit artisanal de cette période pirate précédant son existence, avant que l'Otan n'intervienne pour forcer les protagonistes du conflit poissonneux à trouver un accord. Le roman paternel de Gestur prenait en grande partie sa source dans le récit grandiose que lui assénait son géniteur entre deux tours de magie, il sentait le tabac froid, prégnance qui le happait quand il se tenait près de lui. Il a aussi en mémoire les Prins Póló que Sigmund lui rapportait de l'épicerie, la barre chocolatée polonaise plébiscitée par des générations d'Islandais. Il revoit ce grand homme au regard éberlué, ses yeux ronds étaient un peu tristes et, avec le recul qu'il a en tant qu'adulte, au visionnage des photographies, il lit aussi la crainte sur ce visage, décèle la contraction, un arrêt dans le mouvement. Il ignore le ressort profond du désaccord de ses parents, la cause réelle de leur séparation ; comme il en est l'usage, l'enfant ne sait rien, ou plutôt il hérite de différentes versions tuméfiées de colère. Adolescent, il mythifie la passion de ses parents jusqu'à en faire des acteurs de soap opera. Puis le temps passe, et on note que Sigmund ne téléphone pas tous les ans à son fils pour son anniversaire, tandis que l'emprise de Jódís sur Gessi est totale, quoi que celui-ci la conteste (elle nous semble d'autant plus grande qu'il la conteste). Il aperçoit de loin en loin ce père qui a quitté la région, s'est établi dans le Nord, pour finalement perdre tout à fait sa trace. Jusqu'au jour où, à vingt ans, il apprend que Sigmund vit dehors, dans les rues d'Akureyri. C'est la deuxième municipalité du pays, également là d'où vient Sigmund. On a décidé de l'hospitaliser après que des riverains l'ont ramassé, inconscient, dans le centre-ville. Gestur a seulement le temps de lui dire au revoir parce qu'il va mourir vite, un cancer généralisé s'est emparé de son corps de pirate. Seulement, il ne sait pas quoi lui dire. Il reste là, devant le lit d'hôpital, à le regarder sans vraiment le reconnaître, après avoir décliné son identité. Quelque chose dans cette présentation formelle l'empêche de verser dans l'émotion. C'est, il en reste persuadé, ce qui achèvera cet homme. À la fin de l'été, nous réalisons que, naissant en France, Erling ne pourra jamais s'appeler Gestursson, comme il aurait été d'usage en Islande. Erling Sigmund Sigmundsson se souvient donc deux fois de son grand-père. Gessi semble de cette manière s'être fait pardonner.

Le jour de la dernière naissance d'Erling, à la Pitié-Salpêtrière, avoisinait le solstice d'hiver. Dehors, la lumière était mauve. La petite tête ensommeillée du bébé penchait sur mon épaule. Gessi l'avait pris dans les bras et bercé doucement. Nous ne savions pas où nous allions, mais nous savions que nous cheminerions avec lui. On m'avait ramenée dans ma chambre sans le bébé, gardé en observation à cause d'une détresse respiratoire dans les heures qui avaient suivi l'accouchement. J'avais dormi tout l'après-midi. À la nuit tombée, je m'étais réveillée, j'avais réalisé combien il me manquait. J'étais redescendue, des larmes dans les yeux, pour venir le retrouver, je le cherchai partout dans les locaux du service de néonatologie, où je l'identifiai finalement, les yeux et les poignets serrés, vêtu seulement d'une couche et d'un petit bonnet, dans un berceau chauffant au bout de la nurserie.

Tout autour de lui, il y avait des fils de couleurs différentes, et une machine derrière le couffin qui faisait « bip bip », on avait disposé de toutes petites électrodes sur son corps. Un bandage ceignait aussi son pied droit, ils avaient dû lui prélever du sang. Je le contemplai longtemps avant de le prendre dans mes bras. Il était chaud, il respirait, il était vivant. Je pouvais enfin lui dire que je l'aimais. Il fallait que je lui dise, que je lui répète que je ne le quitterai plus. Comme ils avaient installé Erling juste à côté d'une fenêtre au rez-de-chaussée, je craignis soudainement qu'on vienne le voler dans la nuit, la fenêtre n'étant pas spécialement sécurisée, et déplaçai son berceau dans le coin de la pièce. Qui voudrait voler mon bébé ? Je le veillai longtemps, réalisant alors seulement la disparition de Gessi. Il dit être resté longtemps avec Erling, jusqu'à ce que je me réveille, puis être reparti à la maison retrouver le chat pour plonger dans un sommeil réparateur. Des images en témoignent, ce sont d'étranges selfies, euphoriques et gracieux, qu'il a pris avec notre petit enfant endormi dans les bras. L'espièglerie de son visage, l'impression de gaieté, de plaisir, qui se dégage de ces clichés, sont d'autant plus surprenantes qu'il s'est toujours haï en photo. Lui, qui honnit tant ces portraits qu'il en a brûlé par dizaines à la fin de l'adolescence, comparaît devant nous fier et réconcilié.

Crépusculer

Il ne bouge pas, ne fait rien. D'abord, il reste allongé sur son lit au premier étage pendant que je suis au deuxième. L'après-midi, si je quitte les lieux, il monte et rejoint le canapé de l'étage supérieur. Il y lit le *Fréttablaðið* en version numérique. Parfois il va se chercher un café, puis il revient s'étendre, son écran sur le torse, avec sur le visage un voile d'accablement. Il convoque à tour de rôle toutes les excuses qu'il trouve. La brièveté de ses passages. Sa nationalité étrangère. Ses ennuis au travail. Le décalage horaire (de deux heures l'été, une heure l'hiver) entre ici et chez lui. Il ne participera pas à la sortie de crise, il en sera seulement le dépositaire. Je tente depuis des mois de trouver une solution à cette impasse dans laquelle nous sommes empêtrés, je n'en dors plus, les somnifères ont fini par ne plus agir, je m'agite sans trouver la sortie. J'essaie de m'extraire de ce qui me lie à lui. Lui, qui revient par alternance depuis Reykjavík, pas pour régler nos affaires, ça non, seulement pour assister à ce qui se passe.

Trois années ont passé, cela paraît à la fois une éternité, une vie entière – vie du couple achevée, aux corps éparpillés, aux promesses spectrales – et un instant seulement, tant nous sommes les mêmes. Aucune exaltation n'étreint plus nos échanges, tous nos mots sont vidés. Nous sommes emmurés malgré nous dans cet instant et en ces quatre murs. C'était un voyageur, nous n'étions que son escale. Navigateur échoué partout, comme un récif humain éclaté, dispersé dans l'écume, il revient pourtant voir son petit garçon le plus souvent possible.

Nous sommes séparés depuis les six mois de notre fils, à ce moment-là il a quitté la France, c'était au mois de juin. Il a parlé de partir à Londres, en Australie, Dieu sait où. Mais il n'a rien fait. Il a voulu se rattacher à une autre solution de fuite, une autre après la France, l'évasion fabuleuse depuis son île de glace. Moi-même, j'ai été le sujet d'une fuite, j'ai représenté pour Gestur une échappatoire. Il m'a fallu du temps avant l'acceptation, le fait même de comprendre que j'avais servi à quelque chose avant d'être quelqu'un.

Maintenant, qui peut expliquer, comment expliquer l'absurdité d'une telle situation, ou plutôt son avènement, les conditions qui ont conduit à nous retrouver ici, couple désuni au milieu de nos affaires emballées ? Toute une année après, nous y sommes encore. Ces boîtes sont désormais recouvertes d'une couche de poussière, lentement le provisoire s'est enraciné. C'est chez nous (Gestur a payé une partie de cet appartement dont j'ai le titre de propriété) et pourtant, le nous auquel l'appartement, sa superficie, sa disposition et le caractère familial de ce duplex font référence, est déjà daté. Nous ne nous sommes jamais vraiment installés rue des Couronnes. Un rêve de gosse pour Gestur : s'établir à Paris, avec parquet, moulures et cheminées. Mais le rêve s'est brisé devant l'impossibilité de Gessi à rester auprès de moi, à faire d'un lieu une demeure.

Quand il est revenu au mois de septembre, Erling avait neuf mois, et semblait l'avoir complètement oublié. À cet instant j'aurais pu faire en sorte qu'il ne le voie plus, du moins régulièrement. Par la suite, la justice a tranché dans mon sens. Un jour d'automne détrempé, à la va-vite nous avons engouffré un Burger King dans les couloirs du tribunal de grande instance. Dans le secret de cette petite salle d'audience, la juge aux affaires familiales a patiemment écouté mon ancien conjoint en joignant les mains, il avait souhaité assurer lui-même sa défense et lui a expliqué qu'on s'entendait à merveille et qu'il n'y avait aucun problème entre nous. La greffière a levé les yeux. « Écoutez, Monsieur Sigmundsson, a rétorqué la juge, s'il n'y avait aucun problème, vous ne seriez pas là, tous les deux, devant moi. » Bien sûr, j'ai eu très envie de rire, mais je me suis retenue. Elle m'a confié la garde d'Erling, et a délivré à son père un droit d'hébergement un week-end tous les quinze jours, à condition qu'il acquière une résidence à Paris ou en région parisienne. Je ne pense pas que cela puisse advenir un jour, et quand bien même il trouverait ce logement, il ne pourrait s'astreindre à une telle régularité dans ses allers et venues entre la France et l'Islande. Il existe sur le fil, son agenda est instinctif, personne n'arrive à suivre. Ainsi, je pourrais couper Erling de son père. Mais ce dessein vengeur m'écœure profondément. Les possibilités qui sont offertes aux femmes, à mon époque et dans mon pays, pour priver un enfant de son père m'affligent et me dégoûtent. Je fais tout pour qu'au contraire il fasse partie de la vie de son petit garçon. L'enfant est notre seule mesure, qui repousse la colère. Erling est notre enfant.

« Vous n'étiez pas mariés. Pas de mariage, pas de divorce ; plus simple. Moins d'embrouilles, non ? » commente Laurence assez gratuitement. Au fond, c'était Gestur qui avait raison devant la juge. Si notre entente a été préservée, c'est sans doute parce que nous n'étions pas mari et femme. J'aurais dû y penser. Il n'a jamais voulu de ça, lui qui disait être « quelqu'un de très traditionnel ». C'était comme un mantra, ses lèvres parlaient toutes seules ; il a fondé, sans doute, ses propres traditions. Et j'ai aimé, je crois, l'idée d'être cette mère malgré l'impression de désordre que cela générait partout, et encore aujourd'hui, jusqu'au guichet d'aéroport, poste-frontière convivial, mou et contemporain, où l'on me soupçonnait de ne pas être la mère d'Erling, « parce que vous ne portez pas le même nom ».

« Dans la langue islandaise est apparu un jour ce terme très curieux d'*afturbatapíka*, m'explique un jour Gessi. On pourrait le traduire par "fille réparée" : *píka*, la jeune fille ; *afturbati*, ce qui est rendu meilleur, ce qui est arrangé, guéri. *Afturbatapíka* désigne une jeune fille dont on a bien voulu oublier la maternité précoce, qu'on a en quelque sorte pardonnée. Elle peut désormais vivre comme ses semblables et se racheter une vertu. Le terme charrie les notions d'oubli, de guérison de l'affront. Mais c'est aussi la polysémie de *píka* qui importe, car le mot signifie, entre autres, "sexe de femme" ; parfois il est insultant, parfois non. On peut envisager qu'*afturbatapíka* signifie alors, textuellement, que le sexe de la femme est réparé, refermé, que cette femme est redevenue vierge. » La honte produit bien des miracles.

« Dans les générations ayant précédé la mienne, les spécimens de femmes ayant eu des enfants sans mari furent généralement appelées des filles-mères », m'avait rappelé Anne Bernier quand je lui avais annoncé que j'attendais un enfant. Au téléphone, elle s'était livrée à un exposé à mi-chemin entre l'apologie et la condamnation. Aucune prise de risque, surtout ne froisser personne, j'avais l'habitude. « Les filles-mères, poursuivait-elle, j'ignore jusqu'à quel âge elles furent considérées comme telles, et puis elles semblent si rares qu'on n'en parle jamais, sauf avec une sorte de honte contagieuse, de dépit ou de pitié, et rapidement, au détour d'une phrase, comme pour préciser ou pour invalider le point de vue de la personne, pour exprimer ce qu'elle n'a pas pu réaliser : le mariage. Le mariage, donc, comme point de départ et point d'aboutissement. »

Elle m'avait semblé scandalisée sans que je puisse savoir si ce scandale était dirigé contre la société ou ses victimes, le présent ou le passé. Moi-même, je ne sais pas grand-chose de ces monuments de granit chagrinés, les contours imprécis que l'on frôle et auxquels on associe ces noms de femmes dont la seule citation vaut pour malheur ; de ces existences secrètes, je ne sais pratiquement rien, je subodore seulement que leur position de mère sans époux les condamna jusqu'à la tombe à ce statut de filles, qu'elles partagèrent de bonne grâce avec les vieilles filles, oxymore malplaisant désignant celles qui ne connaîtront ni époux ni enfant. Ces filles, qui ne devinrent donc jamais des femmes – et l'on juge par là la force des enchevêtrements sémantiques, l'individu adulte de sexe féminin entièrement confondu, fondu dans l'épouse –, ne l'auront toujours été que par défaut, car elles aspiraient au bonheur conjugal. Ce n'est donc pas l'enfant, *pas même l'enfant* devrais-je dire, qui pendant longtemps chez nous (chez nous tous : les digues ont cédé plus ou moins rapidement) fit la femme, mais seulement le mari, puisqu'il exista des femmes qui n'eurent jamais d'enfant, et celles-ci étaient toujours la femme de quelqu'un.

— Moi, m'explique Gestur d'un ton docte, l'air du type renseigné, parfaitement raisonnable, tandis que je lui reformule aujourd'hui les grandes lignes du raisonnement de ma mère, je voulais seulement avoir un enfant avec toi. Je savais qu'on allait être de bons parents, que c'était tout ce qui comptait. Le reste, l'avenir, nous… bon. J'en savais rien.

— *Gessi min*, la vie de famille ne t'intéresse pas. Tu n'as jamais pu rester plus de quinze jours de suite avec nous. C'est comme si Erling et moi qui t'aimions, que tu disais aimer, on t'avait mis une chaîne autour du cou, comme si tu étouffais en partageant notre maison. Tu comprends, oui ou non, que cela n'est pas possible de t'espérer sans cesse ? Tu comprends que je ne veuille pas passer ma vie à pleurer, à croire qu'il y a une raison, un sens à ce sacrifice ? Parce qu'il n'y en a pas, Gessi, c'est absurde de penser qu'un jour tu cesseras d'aller et venir, et que tu resteras pour toujours avec nous.

Gestur ne répond pas. Je crois que j'ai posé beaucoup de questions en une seule fois, il va encore prétendre qu'il est trop fatigué pour parler français et préfère partir se refaire un café. Je l'énerve, à vouloir rejouer le match, deviser de notre échec. Je l'entends soupirer dans la cuisine. Mais puisque nous partageons, encore pour quelque temps, un logement commun, autant se faire la conversation. C'est un samedi hivernal, les Gilets jaunes bloquent les avenues de l'Ouest parisien. Les cortèges vont encore dégénérer, et Gestur accuser a Emmanuel Macron de « crépusculer » le pays. Demain, il marchera sur des bris de verre. Ils produiront sous sa semelle un crépitement semblable à celui du verglas dans les rues de Vesturbær. L'illusion sera totale. Erling est malade, une angine lui cause un accès de fièvre. Nous profitons du moment où, après lui avoir administré du Doliprane, il s'est écroulé dans le sommeil. Voici Gessi qui revient, avec deux mugs remplis à ras bord disposés sur mon petit plateau malais en bois sculpté qu'il a exhumé d'un carton il y a deux jours (nous n'avions, jusqu'à présent, retiré que l'essentiel des cartons, le minimum vital ; un an que nous mettons notre existence domestique entre parenthèses, c'est désormais trop pesant : tant pis, on ressort tout). Il vient s'asseoir à côté de moi sur le canapé et reprend la conversation, exactement là où lui l'a laissée.

— Donc nous, nous avons délibérément choisi d'avoir un enfant hors du cadre du mariage. On peut être père, mère, sans être l'époux de personne, il me semble, non ?

— Oui, mais nous, pour toi, qu'est-ce qu'on valait ? As-tu, à un seul moment de notre relation, voulu réellement me faire de la place dans ta vie ?

— Je ne veux plus répondre à ces questions. On en a déjà trop parlé. Bois ton café.

Je n'insiste pas. Je l'ai choisi, cet homme-là, qui passe mais ne reste pas, pour être le père de mon enfant. C'est, pour Erling, une intensification de la vie dont il hérite à la naissance, une relation entièrement constituée d'adieux, d'espérance et de retrouvailles. Un désordre comme celui-là contagionne tout ce qui l'environne. Mais la naissance d'Erling n'était pas le commencement du désordre, c'était une expression parmi d'autres du chaos plus global, aussi beau que terrifiant, qu'a été notre vie commune. Nous n'avions jamais eu aucune assurance sur rien, en avoir nous aurait mortifiés, la venue d'Erling a cependant installé une certitude, comme une roche flanquée au milieu du mouvant irrésistible de notre histoire, une fatalité superbe. Il n'y avait pas d'autre alternative, c'était notre thatchérisme d'existence.

Nos ancêtres les Gaulois et le cendrier Dubonnet

Il faudrait tenter d'y voir plus clair. Remonter à cette fin d'été où j'attends Erling. À ce moment-là, ce n'est pas moi qui vois, ce n'est pas moi qui me rends compte. C'est Laurence qui me regarde vivre seule ma grossesse, errer tard dans les rues, attendre un homme dont les absences forgent mon quotidien. Insondables autant que l'est, pour elle, mon acceptation de la situation. Pourtant, à ce moment, je n'ai pas fondamentalement admis ce qui va se produire.

Nous étions attablées à la terrasse des Bons Enfants, le café au pied de l'église de Ménilmontant. La place était sertie d'établissements formant une collection discordante de bistrots rénovés, de commerces louches et de L'Émir, salon de thé oriental établi dans les murs d'un défunt café. Il faisait une chaleur à crever, et Laurence se demandait si c'était bien raisonnable que je sois encore là. On espérait le moment où le vent se lèverait, comme sur des starting-blocks de fraîcheur, on voulait qu'il trace sa route entre nos jambes, sensation à la fois plaisante et cruelle, comme lorsque les tremblements de la fièvre nous prodiguent une forme de réconfort. Les panneaux d'affichage de la mairie de Paris indiquaient encore, à 18 heures passées, une température de 31 degrés. Ils recommandaient aux administrés de s'hydrater, surtout aux enfants et aux vieux. Aux femmes enceintes aussi, mais j'avais devancé leur recommandation. Au loin, les doigts d'un pianiste déchiffraient une partition. L'archipel de notes parvenu jusqu'à nous fondait une œuvre nouvelle qui évoquait Debussy ; de soyeux contretemps s'étiolaient dans le ciel. Laurence se leva pour gagner l'intérieur de l'établissement afin de me commander un autre Perrier tranche.

— C'est vrai qu'ici, il faut tout faire soi-même, avait-elle pesté en revenant avec ma boisson. Tiens, j'ai demandé le double de glaçons pour toi. À propos de glaçon, il revient quand, lui ?

— Dans dix jours, à peu près. Tu rigoles mais là-bas c'est déjà l'automne. Il s'est remis à pleuvoir, là, sans discontinuer.

Laurence poussa un grand soupir en me disant que j'étais forte de « tenir » comme ça. J'avais du mal à comprendre où elle voulait en venir, je ne tenais rien de spécial, je tâchais d'avancer sans me poser de question. Sur une cloison de mur était plaquée cette instruction se voulant amicale : « Le service est au bar, mes petits canards. » La même apostrophe était appliquée à la restriction des horaires d'ouverture (« Fermeture à 1 heure du matin pour la tranquillité des riverains, mes petits canards »). Les Bons Enfants avaient beau faire l'objet du sous-titre rassurant de « bar populaire » étalé sur le bord de son store rouge cerise, et décliner une collection de stickers de la Fédération anarchiste derrière le comptoir, c'était un lieu où l'on entendait faire respecter les bonnes manières. Cet énième bar à tapas véganes avait éclos dans les locaux d'une ancienne blanchisserie. Il y avait des plantes vertes et des étagères en tuyauterie, sur lesquelles de vieux livres de poche à tranche colorée avaient été détournés de leur fonction à des fins décoratives. Ils erraient au milieu d'autres objets, réveil matin orange des années 1960, cendrier Dubonnet, téléphone à cadran. Une guirlande traversait l'espace en diagonale, fioriture de loupiotes illuminant les portraits de Frida Kahlo et de Léon Trotski. C'était évidemment le genre d'endroits que je détestais, que je prenais une joie élaborée, tenace, à détester. J'affectionnais de m'y rendre avec un plaisir trouble, quasiment masochiste, en prenant soin à chaque occasion de m'assurer du caractère irréductible de mes désaccords avec le lieu, ses gérants et ses consommateurs.

— Aurore, je dis seulement que l'attente de cet enfant, tu la passes en face à face avec toi-même, globalement.

— De toute manière, c'est pas lui qui le porte, hein. Et puis, c'est pas vrai du tout, on vit ensemble.

— La moitié du temps. Tu m'as très bien comprise, il pourrait être en France un peu plus souvent, quand même.

Sa sollicitude devenait pesante. Qu'est-ce qui lui prenait ? J'avais envie d'argumenter mais je ne souhaitais pas la relancer. Alors je lui demandai comment se portait le magazine d'Alex.

— Tout va bien, déclara Laurence en baissant les yeux. Jusqu'ici.

— Jusqu'ici ?

— Écoute, à chaque parution de *Notre France*, il s'en écoule entre 50 000 et 65 000 exemplaires dans les kiosques, et ils ont atteint une pointe à 67 000 pour le mois de juillet. Il y aussi 120 000 abonnés.

— Phénoménal. Alors, quoi ?

— Alex regarde tout le temps les sondages de l'Ifop, les indices de confiance et de désespérance, le sentiment d'être en guerre ou d'assister à la fin du monde. Et il se trouve que la courbe dessinée par les traces, réelles ou supposées, d'effondrement civilisationnel entre totalement en conjonction avec celle des ventes du magazine. Sauf qu'écoute-moi bien, le vent risque de tourner.

— Quoi, tu penses qu'on va vers un mieux ? m'amusai-je.

— C'est pas ça. Alexandre et Côme ont fait une erreur. Ils ont choisi de publier un article problématique pour le numéro de septembre. L'actionnaire s'est mis en colère, il veut se retirer du projet, ça commence à jaser un peu partout. Compliqué.

— Mais problématique comment ?

— Un éloge de « nos ancêtres les Gaulois ». Évidemment, ça paraît innocent comme ça, ça donne à penser que les vrais Français sont gaulois et les autres, non. Tu vois le genre. En fait, je ne suis pas certaine que le magazine puisse continuer.

— Pardon ?

— Ben, sans l'actionnaire, comment dire…

Alex avait commis le plus grand hold-up médiatique de ce début de XXIe siècle en refourguant à des retraités réactionnaires des articles à propos de la réhabilitation des vieux moulins à blé dans l'Ariège. Forcément, ça faisait des jaloux. Mais en fin de compte, leur actionnaire, qui avait pourtant cru en « la culture du regret d'un passé disparu », ne voulait tout simplement pas d'emmerdes. Durant ces années, en France, et peut-être aussi même durant les vingt années précédentes, on avait eu maintes fois l'occasion de constater que rien n'était plus efficace, pour forcer quelqu'un à prendre une bonne décision, que de lui infliger la crainte d'un ostracisme social pour un motif politique dont les ressorts idéologiques révélaient rapidement l'inanité, sans que celle-ci soit pour autant publiquement dénoncée. « Mes petits canards... », ponctuai-je en moi-même.

Les stries de la crue

À l'automne suivant, Gestur se fit couler de grands bains dans lesquels il s'évanouissait, l'écran d'ordinateur laissé dans la cuisine, micro et caméra coupés. La voix de Morten le Danois était métallique; Flóki, notre chat, mettait ses oreilles en arrière. Retranchée dans la chambre, je ne pouvais pas non plus y échapper. La voix s'enflammait sur des scénarios concernant Fuglavík. Pourtant la déconfiture était palpable, l'illusion ne tenait plus.

« Ce petit bourg, d'ordinaire si tranquille, avait été pris d'assaut dans la nuit par une horde de guerriers qui n'avaient pas laissé les habitants s'enfuir... Si quelques-uns avaient opposé à l'affront bravoure et résistance armée, la plupart s'étaient constitués prisonniers. Beaucoup d'autres étaient morts sous les lames ennemies... »

Gestur ne s'était pas rendu à cette réunion de comité. Il s'enfonçait dans une morosité troublante. Il avait une manière familière d'être ailleurs, comme s'il s'était agi de son état naturel et qu'il avait dû se forcer pour tenir jusque-là, faire illusion pour moi. La naissance imminente n'y changeait rien. Il m'échappait ; probablement m'avait-il déjà échappé.

« Déjà, on fustigeait une impréparation aux raids barbares, une lutte d'influences entre notables. Une dissension majeure, qui avait retardé la riposte. Nul n'avait pu faire face aux troupes des Scandinaves, qui établiraient bientôt leur campement sur les braises encore chaudes de cette bourgade franque de la Gaule lyonnaise… »

Tout se passait comme si Morten parlait de notre amour, comme s'il voulait décrire la manière dont s'introduisaient entre nous les forces du détachement, celles de la froideur dans notre forteresse. Le Danois s'enflammait. Il haletait encore à la fin de son introduction. « Probablement ce que l'on appelle le souffle épique », persifla Gessi en sortant de la salle de bains. Morten avait tournoyé sur l'estrade en débitant ses balivernes, comme un trouvère au verbe laborieux. Un dénommé Sven invita ensuite les membres du comité à enfiler les casques de réalité virtuelle et à se saisir d'un bâton vert pomme, qui se révélerait une épée dans l'autre monde. Chacun devait aussi porter un sac à dos contenant un ordinateur portable. Tous revêtaient ces casques en métal clouté, aux motifs sinueux rappelant les ornements vikings. Je ne me lassais pas de ce spectacle. Sven était un étudiant en informatique. Il effectuait un stage auprès de l'équipe danoise de Fuglavík qui avait mis sur pied cette expérience d'hyperréalité historique proposant de revivre l'aventure des Nordiques à l'assaut de la Normandie. Ce conte pour grands enfants laissait Gestur de marbre. Il avait fait une fois l'expérience de la réalité virtuelle, en compagnie des antiquistes du Centre chypriote d'études des amphores. Par quel miracle technologique s'était-il retrouvé debout sur la muraille d'une citadelle en Thessalonique, autour du ve siècle avant Jésus-Christ ? Une mauvaise expérience. Il avait eu le vertige.

À Fuglavík, l'expérience VR du « sac des Vikings » allait déboucher sur un échec. Le public était surtout familial, dans l'attente d'une expérience inoffensive. Les petits enfants n'avaient pas vocation à se prendre pour des barbares ; leurs parents, pas de disposition pour le vandalisme. La véritable cible de l'activité eût été les adolescents et jeunes adultes de sexe masculin, mais ils ne se rendaient guère à Fuglavík. Gestur assista au marasme de cette aventure de vulgarisation scientifique. Le cœur, le sien, n'y était plus depuis longtemps. Son entêtement n'avait en fin de compte abouti qu'à sa déprise totale sur l'entreprise. Il s'en était désolidarisé petit à petit, s'emmurant dans une joie mauvaise à voir le parc se vider de ses visiteurs, les déficits budgétaires se creuser, les universitaires membres du comité scientifique s'invectiver à plusieurs milliers de kilomètres, dans un anglais rageur toujours plus teinté d'idiotismes de leur langue d'origine, par conversations WhatsApp interposées.

« Je savais bien qu'un jour cette expérience prendrait fin », m'avoua Gestur alors que nous quittions justement Fuglavík, ce dimanche de décembre. Il avait voulu me faire connaître cet endroit avant sa disparition, ce délire de sachants subventionnés. « On aurait dû considérer ces gameurs attardés avec beaucoup plus de circonspection », poursuivit-il en accélérant (sur les petites routes, c'était son jeu). Aussi loin qu'il se souvienne, cette engeance dont on faisait les médaillés de l'académie n'avait jamais suscité que son mépris. Parfois, traînant ses guêtres du côté du Tjörnin, le grand étang au centre de Reykjavík volontiers gelé en hiver, il en profitait pour nourrir les canards et les cygnes avec du pain dur. Ces volatiles, qui venaient à lui en émettant des sons de klaxon, s'écharpaient pour quelques bouchées de mie. Ils perdaient là toute dignité, toute grâce. Certains étaient épais, sûrs de leur importance, ils occupaient de l'espace sur la surface du lac. D'autres profitaient de leur petit gabarit pour se faufiler rapidement vers l'appât, qu'ils dérobaient à leurs concurrents. Gessi les comparait aux universitaires, en capacité permanente de trahison, susceptibles d'éborgner leur mère pour le moindre poste à temps partiel ou l'obtention d'une bourse à l'étranger. « Avec les compliments du jury », lançait-il aux oiseaux, au tournoiement éphémère de la becquetance. Il n'avait pas voulu de ce destin servile.

Gessi m'avait parlé sans discontinuer sur le chemin du retour, mais il ne m'avait pas regardée une seule fois. J'étais acquise, indolore, je n'étais plus un enjeu. Ses émotions, il les réservait pour la disparition des paysages. Ses affects étaient inaccessibles, il aurait fallu lui entailler la carapace, sonder le terrain à la pioche, et je n'en avais plus la force. Notre voiture avait fait halte sur une place de village où se tenait un marché artisanal. Une destination touristique particulièrement émouvante, avec ses stands en colombages cartonnés, tout cet affublement folklorique, sans pourtant qu'on pût dire à quelle époque et à quelle région rattacher ce marché. Les commerçants se tenaient là, accoutrés par hasard, exhibant au parterre livarots et pont-l'évêque, donnant à déguster du cidre et du poiré, campés dans leurs sabots. Une lenteur épousant l'ennui et la précaution accompagnait leurs gestes. À quelques mètres de là broutaient des percherons, impassible équipage de diligenciers sortis des siècles, lustrés comme pour une procession imaginaire. Un éleveur rougeaud les portait au pinacle, vantant à la criée « le meilleur attelage que la Terre ait jamais connu ». Une impression de malaise se dégageait de la scène. Cette volonté de plaire et de convaincre n'avait pas survécu au manque d'affluence, et cette foire paysanne ne rameutait en fin de compte que des gens du cru. Ici aussi le passé cessait de faire recette. Le spectacle que donnait à voir le petit marché artisanal n'était pas celui que l'on présentait : le diable se loge toujours dans les détails, et rien de ce qui se tramait ici ne tenait dans ces affectations douteuses et pittoresques, ces égards de rapaces pour la chair grise de la vie rurale. La Normandie de toujours, cette soupe qu'ils servaient, était tendue comme une voile laissant transparaître, dans les interstices de ses maillles, une autre vérité.

Comme pour comprendre la fin de notre amour, il fallait reculer un peu, pour voir à quoi on assistait. Ç'avait été possible trois ou quatre secondes avant d'être happé par la convention théâtrale. Ce à quoi on assistait, c'était la fin d'un monde. Nous avions suivi le chemin réglementaire pour revenir de Portbail, nous n'avions pour ainsi dire aucun mérite, nous étions tombés dans le drame sans le vouloir. J'avais pris cette route des dizaines de fois, en revenant de la maison d'un oncle paternel. Mentalement, dès l'enfance, je l'avais circonscrite à la vision rassurante de vaches blanc et noir, déroulées comme un papier peint. Mon œil ensommeillé flottait sur la campagne, les zones périurbaines, pour enfin se livrer à l'examen de la mutation des habitacles, jusqu'aux zones industrielles et aux barres d'immeubles jouxtant la capitale. Mais aujourd'hui, je voyais, je voyais bien.

Le pays que je traversais était une coquille vide, habité par un peuple amnésique. L'homme que j'aimais ne me voyait plus. Avait-il une fois eu peur de me perdre ? Notre enfant allait naître, notre fin adviendrait. Derrière l'église, dans un décor immuable de devantures gaulliennes aux attributs décolorés, j'avais aperçu les gamines du canton, dix ou douze ans peut-être, leurs petits corps risibles, leurs corps neufs et serviles à moitié dévêtus, comme des sous-Beyoncé s'exerçant à la pratique désormais cardinale de l'autoportrait téléphonique. En contrebas, des petites vieilles qui gravitaient doucement sous la pluie disparaîtraient sans émouvoir quiconque. J'avais eu la sensation d'une sortie de route, une piqûre vive et brève, un réveil dans la mort, de l'autre côté du terrain. Cette piqûre devait revenir plusieurs fois par an, épisodiquement j'y accorderais de l'importance, sans que je sache comment rendre le coup, ou plutôt rendre compte de ce que j'avais touché. Comme les stries de la crue, les stries vert d'eau laissées par la vase après une inondation, sur des murs qui, depuis lors, n'abritent ni ne résistent à rien, ces marques avaient touché ma chair, et je savais aussi qu'il me faudrait un jour parvenir à l'acceptation, dire ce que j'avais vu et ressenti, sur Gessi, sur nous, sur cette fin de France traversée, nommer les choses, désigner l'attentat quotidien camouflé sous un silence, comme une moue de mépris devant le cataclysme. Il n'était jamais juste de dire qu'à la campagne, « il ne se passe rien ». C'était précisément le contraire. C'était de là, surtout, que tout était parti. C'était comme le couple, le couple constitué qui s'étiole de lui-même, c'était comme une étreinte devenue impensée. C'était là que ça mourait. Là-bas, ça survenait.

Sans mélancolie

Notre nouveau logement de la rue des Couronnes courait sur deux étages, nous l'avions déniché dans les derniers jours de septembre. Les fenêtres donnaient au sud, sur l'imposant clocher de Notre-Dame-de-la-Croix. Un concert de cris d'enfants provenant de l'école maternelle attenante nous parvenait en les ouvrant. Au premier étage se trouvaient les chambres, une grande salle de bains, et cette pièce à vivre que nous avons eu l'audace d'appeler la bibliothèque. Au second, l'entrée officielle, avec la cuisine, la salle à manger et un petit salon dans lequel nous envisagions de regarder des films, sur un mur laissé blanc, à l'aide d'un rétroprojecteur. Nous aurions pu y être heureux, donner une petite sœur à notre fils, organiser des goûters d'anniversaire, des dîners de copains, y vivre tout simplement. Mais nous l'avons investi pour rien. La fin de l'amour s'est fait jour en ces lieux, les mois précédant la rupture ont patiemment organisé la désagrégation du peu qui nous restait. Au printemps suivant, nous avons accueilli cette séparation comme une délivrance.

Il y avait eu un glissement, si sensible qu'il n'avait pu être envisagé comme tel. Une manière d'être ensemble que nous faisions perdurer devant les autres mais qui ne s'imposait plus à nous, dans le huis clos de notre existence. Il y avait ma mère, qui vantait les talents de bricoleur de Gestur, il y avait notre enfant. Des garanties solides : rien ne pouvait me séparer du père de mon fils, qui savait concevoir des portes blindées et touchait sa bosse en électricité. Vers la fin de ma grossesse, Gessi a cependant cessé de dormir à mes côtés, prétextant que j'avais besoin de plus d'espace que je ne le lui avouais. Je restais seule. Au milieu de la nuit, Flóki effectuait sa danse rituelle en ronronnant, tournait sur lui-même puis s'affalait d'un coup. Il appréciait de se coucher à la place de Gestur. Le chat était chaud, réconfortant, il devenait la personne dont j'étais la plus proche. Je mettais tout en œuvre pour donner l'illusion d'accepter mon sort et me rendormais la gorge serrée. Deux ou trois soirs pourtant après la naissance d'Erling, je suis venue dans le salon y trouver Gestur, campé sur son ordinateur, pour lui demander s'il m'aimait encore. J'ai haï qui j'étais, la mendiante d'amour, celle qui cherche à comprendre. Ses réponses étaient vides, comme des mots sans preuve. Ses éléments de langage étaient un disque rayé. Il disait ce qu'il ne faisait pas. Il ne disait pas ce qu'il faisait, ni qui il était.

Après notre installation, rien n'a plus fait obstacle à la séparation des corps. Gessi n'avait personne à voir en ville, il n'avait rien à faire. Il entendait seulement s'enfermer dans une pièce et ne pas m'adresser la parole. Les 90 mètres carrés du duplex ont été mis à profit pour m'éviter. Plus rien ne résistait à ce qu'il se racontait sur nous ou sur lui-même, l'avenir s'incarnait. Nous avions un bébé et un appartement, quelque chose s'achevait là, qui entravait cet homme. Gestur était emprisonné dans un réel où tout était advenu. Bien sûr, il pouvait continuer de prendre l'avion régulièrement. Il pouvait jongler d'un pays à l'autre. Mais cela ne changeait rien, il ne pouvait plus vraiment se dérober. Ce qui un temps avait été possible était désormais certain. Or, de ces certitudes, il n'avait jamais voulu.

Chaque fois que je demandais à cet homme s'il était heureux à mes côtés, il le réaffirmait et je le perdais un peu plus. Le premier soir où, vers 18 h 30, je suis montée à l'étage avec le bébé dans les bras pour retrouver son père, exiger de lui qu'il nous adresse la parole, j'ai accepté de m'avouer vaincue. Je le suppliai de revenir. Il quitta seulement la pièce et descendit se faire couler un bain. J'attendis qu'Erling soit endormi pour m'effondrer.

Il n'y avait pas de mode d'emploi pour comprendre ce qui se passait. À moins, bien entendu, de n'avoir pas su voir, de ne pas avoir voulu savoir qui il était. J'avais pourtant eu le temps de me renseigner. Un jour, j'ai ouvert son journal. Pour cela, il aurait pu me tuer. Ce journal intime était rédigé chaque jour dans sa langue. Sous la carapace du dragon, j'ai voulu déceler une existence réelle. J'ai tenté de savoir si Gessi menait une double vie. Que s'était-il passé avec ce Máni, de quoi était-il mort ? Quel lien Gestur entretenait-il avec cette petite femme aux yeux clairs, qui l'avait serré si fort le soir de la conférence sur Eyrarteigur ? Une fois traduits, les mots ne révélèrent qu'un exposé formel de son quotidien et des actions à accomplir. Aller chercher le pain, le lait en poudre d'Erling à la pharmacie, recontacter le doyen de l'université Notre-Dame-du-Lac (Chicago, Illinois) pour le séminaire sur les constructions en bois. Quelques paragraphes étaient consacrés à nos disputes récentes, mais Gestur ne s'employait qu'à les décrire, sans se prononcer sur leur signification. On ne savait pas non plus ce qu'il ressentait. Probablement parce qu'il n'en pensait rien et parce qu'il ne ressentait rien. Qui était-il ?

Notre histoire n'avait-elle été qu'une démonstration de l'adaptation dont il faisait preuve en société, avait-elle reposé sur un malentendu ? Qui était vraiment cet homme, qui était le père d'Erling ? Une intuition ravageuse me revint en mémoire. Je ne devais pas recontacter ni même rencontrer Gestur Sigmundsson. Je n'aurais vraisemblablement pas dû l'approcher ni même le regarder. J'aurais dû le laisser vivre et circuler sur Terre sans me trouver sur sa route, tenter de mettre en ordre son champ de bataille sans intervenir. Après le soir de la librairie, le plus simple eût été de continuer nos chemins sur des routes séparées, de laisser Gestur enfiler ses chaussures de montagne, reprendre son sac à dos Samsonite, et cheminer encore. On ne savait pas d'où il venait, qui il était.

« Je te quitte, Gessi, parce que tu m'as déjà quittée, parce que tu ne m'as jamais rejointe. Je ne veux plus t'attendre. Rester seule à la maison, dans les cafés, partout. Demeurer dans l'aérogare de Húsavík, quand tu m'as mise dans un avion et que toi tu décides de faire le trajet par la route parce que c'est joli, et que je t'attends, là, pendant des heures, sans personne à qui parler. Autour de moi les navettes déversent les touristes, les gens se demandent ce que je fabrique ici, le personnel de l'aéroport vient me réconforter, je commence à pleurer. Mais pourquoi, pourquoi moi ? J'ai attendu notre enfant, j'ai tellement attendu que nous soyons heureux, que tu veuilles bien me retrouver, mais n'attendons plus, s'il te plaît, actons la fin de cette attente. »

Dans les heures qui ont suivi cette déclaration, Gestur s'est mis à monter une série de meubles, frénétiquement et sans raison. C'était un après-midi caniculaire, sans espace pour le lamento. Au dehors, on entendait des gens devant leur écran de télé commenter les matchs de la Coupe du monde de football. Ça hurlait à chaque montée vers les buts. Gestur suait et soupirait, il souffrait en silence. Tel lit n'était soudainement plus à sa place, il fallait le démonter, le remonter ailleurs, à l'étage supérieur. À la nuit tombée, passablement alcoolisé, il est venu me rejoindre dans la chambre du bas. Il était trop tard pour me rendre ce que j'avais perdu et nous avons pleuré ensemble.

Quelle est aujourd'hui la nature de cette relation contrainte et désormais obsolète, dans cet appartement de survie, ce lien aux enjeux disparus, dont on se demande encore à quoi il a correspondu ? Sommes-nous toujours ensemble, de la manière dont, dans les derniers temps du couple, nous l'étions : viscéralement séparés géographiquement, physiquement, sans toutefois que le lien ne se brise ? À l'automne suivant, nous avons adopté un second chat pour tenir compagnie à Flóki. C'est un chaton roux et Gestur l'a prénommé Laki, en hommage aux Lakagígar, ces cratères volcaniques tenus pour responsables de la plus grande éruption jamais connue par l'homme et des mauvaises récoltes de la fin du XVIIIe siècle, précipitant, a-t-on dit, la famine à l'origine de la Révolution française. C'est nous, et non pas moi, qui avons adopté ce chat. De quoi cette relation est-elle le nom, cette vanité née du besoin d'aimer et d'être aimé, maintenue par les impératifs de la parentalité et du bien en commun ? Relation pondéreuse, inerte comme une pierre, inutile comme l'est à notre époque ma collection de disques compacts, plusieurs centaines de CD. Je les ai rapatriés dans la partie supérieure de l'appartement, où je me suis installée. À l'étage du bas, le temps s'est arrêté le jour de notre séparation.

Hier soir, en ouvrant justement ce carton de Compact Discs, j'ai trouvé une photo de nous posée sur le dessus. À l'époque, j'ai dû vouloir emporter cette photographie, déchirée et marquée des crocs de Flóki à l'encoignure ; je l'ai peut-être placée sur l'une des piles de disques au dernier moment, avant de ceindre la boîte d'un tour de Scotch. À l'instant où j'ai fermé ce petit cube de carton, y intégrant la photographie, nous étions encore un couple, des personnes qui ne sont pas uniquement liées par la naissance d'un enfant, des personnes qui s'astreignent à faire perdurer ce lien invisible à l'œil nu, qui veillent à entretenir ce pacte insoupçonnable, cet amour que ne révélerait pas même un contrat de mariage (on peut être mariés à quelqu'un qu'on n'aime pas, qu'on ne supporte plus), cette réalité plus forte qu'une validation administrative ou sacramentelle, et qui lui préexiste.

J'ai accroché la photo dans la chambre d'Erling. Il est la seule personne que cela pourra intéresser sans mélancolie. Il n'aura pas, jamais, une perception morbide de cette réalité. C'est une photographie du premier printemps après notre rencontre, sur laquelle nous avons l'air heureux, et nous avons l'air jeune, exempt des afflictions que nous nous sommes ensuite causées et qui ont fait vieillir nos traits en très peu de temps. Je m'étonne de la joie affichée sur nos visages. « C'est Papa et Maman », ai-je dit au bébé, qui pointe son index vers ce morceau de passé glorieux. Papa avec Maman, ses deux parents qui l'aiment. Erling n'aura jamais la nostalgie de ses parents ensemble, nous nous sommes quittés trop tôt pour qu'il se souvienne de quoi que ce soit. Au reste, son père habitait avec nous certains jours par mois, mais il habitait aussi ailleurs les autres jours, aussi Erling ne l'a-t-il jamais connu entièrement à la maison. Car Gestur Sigmundsson n'habitera jamais ni ici ni là-bas, il n'habitera nulle part, et aujourd'hui qu'il continue à aller et venir entre l'Islande et Paris, c'est tout à fait comme si nous poursuivions le *modus vivendi* des premiers temps d'existence de la vie du ménage et, même, de notre vie d'amants. Nous n'avons rien changé hormis les intentions. Désormais, c'est Erling qui capte notre amour, comme si nous en avions été très économes, et qu'à sa naissance nous l'avions transféré au bébé dans son intégralité, de peur d'en perdre une miette. Exactement comme si l'amour était une denrée rare, qui risquait de s'amenuiser, comme s'il était inapte à la prolifération. Toutes les métaphores amoureuses à base de flamme sont invalides, cette affaire est le contraire du feu.

La rue des Couronnes

Maintenant, ce qui frappe le plus, en remontant la rue des Couronnes, c'est sa césure, très nette. C'est sa séparation qui donne naissance à deux pays distincts. C'était là depuis le départ sans que j'y prête attention, déjà ça nous désignait. Ça survient juste après que la rue a croisé le tracé de la Petite Ceinture, l'ancienne ligne de train qui jadis effectuait le tour de Paris. La rue agrège des contrées étrangères l'une à l'autre avec une indifférence docile, une arrogance désintéressée. Comme c'est étrange, c'est devenu parfaitement anodin. Les deux mondes s'ignorent, nul ne semble en souffrir. C'est une nouvelle manière de vivre, séparément. On n'avait jamais vu cela avant.

Vivre-ensemble. Deux termes reliés d'un trait d'union venu souligner l'ironie du ratage d'une telle conjonction, deux termes ne se rendant aucun compte. La rue des Couronnes est l'une de ses antichambres les plus captivantes. C'est le laboratoire à ciel ouvert de la grande séparation. Dans la première moitié du paysage, il y a ces hauteurs, sévères et drues, grises et sans attrait qui partent du boulevard. C'est un relief récent, des cimes de béton sorties de terre. Un sol de bitume haché par des bandes de verdure. Une dalle de béton se propage autour de ces montagnes. Des bars à chicha aux noms américains et aux vitres fumées cadencent la monotonie à hauteur de trottoir. Les habitants sont de petites mains, des employés et quelques commerçants, des chômeurs, en provenance d'Afrique du Nord, d'Afrique subsaharienne. C'est une vie montagnarde, souvent rude, mais dotée de tout le confort moderne. Une contrée escarpée, un empilement méthodique d'humains et d'objets.

Du jardin des Couronnes à la place Henri-Krasucki, c'est en revanche un paysage d'avenues privées, d'immeubles de basse hauteur, de cours cachées, arborées, de lierre et de vigne vierge, de jardins même, où serpentent des lézards et clopinent des chats. Reliquat d'une époque lointaine, viticole, agricole ; d'un passé plus récent, d'ouvriers, d'ateliers. D'un hier noir et blanc, photographié par Willy Ronis. Un panorama tendre de vérandas fleuries au printemps, avec ses petites échoppes, étals de livres de poche, cantines de quartier. C'est un pays connu, reconnu, imité, et désormais recherché. En choisissant de camper dans ce décor de théâtre, des représentants de professions culturelles issus d'une ancienne classe moyenne depuis embourgeoisée s'achètent la possibilité, sur les pas de leurs aïeux, d'une bonne conscience.

Ce visage-là de la France des grandes villes, répartition ordonnée de bourgeois et d'immigrés pauvres, est devenue la norme. On n'a pu décemment établir de poste-frontière, mais l'on sait pourtant que ce qui s'y passe, notamment au niveau du croisement avec la rue Julien-Lacroix, revient exactement au même. Cette intersection marque le début d'un no man's land, achevé aux alentours du bâtiment Troisième République de l'école maternelle (94, rue des Couronnes), où débute officiellement la seconde partie de la rue. Dans cet entre-deux, le contact visuel est inévitable. La terrasse du Tunis Palace, qui étend son empire de chaises en plastique vert pomme au numéro 41, fait face à celle du Floréal, au 43, établissement néo-rétro installé dans les murs de l'ancien café Dupont fondé en 1905. Une assemblée exclusivement masculine issue de l'immigration tunisienne buvant du thé et fumant la chicha fait face, chaque jour, à des bataillons mixtes de jeunes Occidentaux, entrepreneurs enrichis qui brunchent pour une trentaine d'euros chaque dimanche. Ce que *cohabiter* signifie : des mondes qui s'appréhendent dans une inexistence mutuelle, respectivement invisibles. Aucun briquet ne s'échange, aucun salut de la main. Il n'y a pas de correspondance à établir entre les clients, leurs centres d'intérêt, les prénoms de leurs enfants, leur manière de s'habiller, de manger ou de vivre.

Je n'ai guère pu connaître l'époque des cabanes d'ouvriers à l'orée de la rue de la Mare, juste derrière Notre-Dame-de-la-Croix, au niveau de la passerelle piétonne – non loin de là se trouvait la gare Ménilmontant du train de Petite Ceinture; celle des fenêtres murées rue de Pali-Kao, immeubles déglingués, étendoirs aux fenêtres, hordes d'enfants pouilleux et parapets en ruine; l'époque des balustrades de la rue Vilin, rue à flanc de coteaux en forme de S inversé, devenue fantomatique au fil des années, rasée par les bulldozers en mars 1982, quelques semaines avant ma naissance. Je ne me souviens pas de l'époque du terrain vague. Je ne me souviens pas de ces escaliers en Y menant à la rue Piat. Comme beaucoup de mes semblables, je ne me souviens pas du Belleville de Georges Perec, de la devanture du salon du coiffure de sa mère, morte en déportation en 1943, dont la titraille (« Coiffure de dames ») s'est peu à peu estompée, avant d'être rasée. Je fais partie de la toute dernière vague d'arrivants. De ce fait, comme les chercheurs fous du parc de Fuglavík, je ne suis qu'une touriste du monde finissant et qui refuse de conférer à celui qui arrive, à ce schisme advenant sous mes yeux, une légitimité, une qualité propre, qui ne soit saturée de références au passé. Je n'ai pas le droit de me plaindre car je suis une aveugle, qui ne souffre jamais vraiment de cette sécession, tout y prenant part. Mes yeux sont emmurés comme l'étaient les fenêtres avant la destruction, à laquelle pourtant elles se préparaient.

Il est pourtant notoire que l'esprit de la rue des Couronnes a déchiré mon imprudence, qu'il a impunément pénétré ma chair, que cette morsure laisse une plaie béante sur laquelle il semble qu'on ne finisse jamais de verser le sel. Il n'a pas été permis de s'expliquer pourquoi, sans armée ni insulte, ma vie personnelle a pris au contact de Gestur Sigmundsson des allures de guerre rentrée. Pourquoi nous, une Française et un Islandais, qui avons élu domicile dans cette rue irréconciliable, y avons très vite demeuré isolément. Pourquoi avoir divisé l'appartement, après quelques semaines, en deux espaces distincts, le secteur français et le secteur islandais, traversés de haut en bas par un bébé de quelques mois à peine, confié à tour de rôle comme une monnaie d'échange affective, preuve, car il nous en faut, que nos amours furent brèves, et qu'elles s'éteignirent dans un vivre-ensemble irréprochable avant d'avoir été entièrement consumées.

À moins d'admettre tout de suite ce que tout cela signifie, de trancher, de souffrir, il convient d'atténuer, de différer les décisions, de désigner des réalités par des mots qui renvoient à autre chose et de se raconter des histoires. Voici l'option saugrenue que nous avons choisie. Là, il nous semble évident que cette entente fonctionne car il n'y en a pas. Nous n'avons pas la même version de ce qui nous a conduit à l'amour puis à la survenance de cet échec, nous préférons poursuivre en aveugles la réfection de l'appartement, dans une quasi-joie, une joie nouvelle, extrême, dans cette réalité matérielle rassurante, qui nous permet d'être encore l'un à l'autre.

Qui, pour se prévaloir de vivre une vie normale ? Ça n'était pas pour nous. Toute la journée, le poste radio diffuse des émissions culturelles qui nous tiennent aussi lieu de conversation. Un jour, la fameuse phrase de Lacan, « Il n'y a pas de rapport sexuel », s'en échappe, elle me parvient alors que je suis sur une échelle en train de m'acharner à passer une seconde couche de peinture sur le plafond de la grande pièce du premier, où nous avions commencé à entreposer nos livres – grammaire française, ethnologie nordique, Snorri Sturluson et journal de Pavese. Or, nous ne parlerons plus jamais la même langue, celle qui nous a liés. Toute espérance de fusion, d'union des langues, des corps et des esprits est à présent anéantie, c'est une nouvelle manière de vivre, séparément.

L'acceptation

L'idée de la partition de ce lieu déjà double en deux propriétés distinctes aura germé au moment de la rupture. À l'acquisition, Gessi s'était enorgueilli d'avoir mis la main sur une surface « intéressante ». Un jour, on pourrait la réhabiliter, la louer, en revendre une partie ? Revendre deux appartements de trois pièces plutôt qu'un grand nous ferait gagner de l'argent. L'autre jour, j'ai eu cette phrase empreinte de sarcasme, je lui ai dit qu'au fond, nous n'avions pas tout perdu ; il a ri de bon cœur. La trémie du duplex a été retirée, le trou de l'escalier vient d'être rebouché, eau, gaz, électricité séparés ; le premier étage, devenu un logement à part entière, sera bientôt revendu. J'installerai au-dessus ma demeure provisoire. J'y ferai étape avec Erling, et puis je partirai. Débutant peu à peu l'extraction de mes affaires, retenues prisonnières depuis un an déjà, je sais désormais comment je vais revivre.

Aujourd'hui, ce que l'on investigue, c'est l'amour, mais notre faisceau d'indices se révèle insuffisant. Cet objet lointain, ce corps étranger, on se demande comment il a pu nous être si familier. L'enveloppe charnelle de Gestur s'est elle-même éloignée de mon champ de connaissance sensible. J'ai beau le croiser régulièrement et continuer de rire avec lui, et continuer à l'aimer d'une tout autre manière, échanger des repas, des informations à propos de notre fils, je ne me souviens ni de sa peau ni de la chaleur de son souffle. Cette anatomie soudainement tombée dans le domaine public appartient désormais à la matière humaine indifférenciée. Elle a rejoint l'armée des individus sans nom et sans odeur, n'a presque plus d'impact sur mon système nerveux, elle ne peut plus décevoir, difficilement illuminer. Lorsqu'il arrive au visage de cet homme de m'émouvoir encore, c'est à cause de ses yeux, bleus, effilés, sauvages, pour me rappeler que cela a existé. L'amour est révolu mais l'enfant est vivant.

Je me rappelle un soir, au commencement de sa vie. J'étais décontenancée en l'écoutant pleurer. Son père était reparti en vadrouille sur Wow Air. Au téléphone, ma mère avait chanté une berceuse à l'enfant. « Il n'a que toi au monde » : elle m'avait conjuré de tenir bon. Je ne dois rien laisser paraître de mes effondrements, je dois rester vivante parce qu'Erling n'a que moi. Nomade fondamental, mais un nomade aimant, protecteur à ses heures, Gestur sera pour toujours en partance. Les notions de confort, de décoration intérieure sont des fantaisies sédentaires. Lui, il campe. En voyage permanent depuis ses dix-huit ans, l'âge auquel il a quitté la terre d'Islande (mais il y revient sans cesse ; il n'a, de fait, jamais quitté cette terre), il a fait du mouvement son identité. C'est la forme ordinaire que sa vie a revêtue, cette existence qui, pelotonnée dans une version affinée du mystère, nous paraît harmonieuse. Une distance s'est, avec le temps, creusée entre son pays et lui. Longtemps qu'il ne regarde plus *Áramótaskaupið*, l'émission satirique diffusée chaque veille de Nouvel An et qui passe en revue les douze mois écoulés. Les références de *Skaupið* à l'actualité lui échappent, il réalise combien il ne vit pas la vie de ses compatriotes, ne peut rire des mêmes gens, s'indigner des mêmes choses. Il est désormais devenu étranger partout. Il n'est pas français, pas plus qu'il n'a pu être sincèrement hondurien (cette histoire-là raconte le périple parfaitement improbable et pourtant véridique d'un jeune Islandais parti au Honduras faire de l'humanitaire pendant un an, fiction irréaliste à laquelle seul Gestur Sigmundsson pouvait participer de manière réelle).

« Papa se promène » est une autre histoire, celle que j'ai toujours racontée au petit. Les promenades de son père s'effectuent par avion, un avion dans lequel il traverse le ciel sur un axe nord-ouest. C'est un modèle Duplo possédé par Erling, un monoplace rouge à hélice jaune. L'enfant s'amuse à le faire piquer en direction de Flóki et Laki. Le bonhomme qui en descend prend ensuite sa voiture, qui l'attend à l'aéroport, puis il rentre dormir dans sa petite maison. Elle se situe là-bas ; « là-bas » est cette contrée lointaine, le pays dans lequel les gens parlent tous la langue de Papa, un idiome qu'Erling a attrapé très vite, comme une maladie, la comprenant mais employant toutefois le français pour répondre.

Une fois par mois, Gessi revient pour voir son fils, il s'en occupe quelques jours, le mieux et le plus possible, puis il repart. Auparavant, il restait plus longtemps, il venait simuler une vie de famille avec nous, pendant trois semaines parfois. Puis il finissait toujours par mettre les voiles. Mais maintenant, je sais qui il est et je n'en souffre plus. Il est comme soulagé par mon acceptation de sa nature profonde. Son fils le mentionne très souvent. Tel magasin, tel canapé, telle brosse à dents, telle rue et tel vêtement, telle chanson, tel morceau de nourriture sont à Papa. Il place ainsi, partout, un nombre incalculable de plaques votives dans l'appartement, dans le quartier ou la conversation, il entretient le feu de sa présence, maintient au chaud les braises en attendant son retour. Ces cycles constituent l'ordinaire de sa vie. Quand Gessi n'est pas là, l'enfant lui dit bonjour devant l'ordinateur, il accourt comme un petit lutin sorti du bois en percevant les mélopées de Skype. « *Hæ, hvað segirðu gott ?* » demande toujours Gestur au garçonnet incapable de tenir en place devant l'écran et qui repart d'un bond dans sa chambre. C'est une formule figée, une marque de proximité familière, elle demande comment on va, ou plutôt ce que l'on dit de beau. Erling la reçoit comme un mantra, comme de l'amour en mots, il s'en délecte comme d'une formule magique.

(À l'heure où j'écris ces lignes, Gessi a quitté Paris hier après-midi, il m'informe qu'il est bien arrivé à New York et me demande d'embrasser Erling pour lui. De là, il gagnera la ville de Québec en voiture, accompagné de l'un de ses collaborateurs. Les deux archéologues participeront à un colloque sur le Vínland, le nom de ce bout d'Amérique découvert par les Vikings vers l'an 1000. Gestur se rendra ensuite à Montréal, où il attrapera son avion pour Keflavík. Il lui sera plus facile de parler au petit *via* Skype, le décalage horaire étant moins important depuis l'Islande. Sa vie quotidienne s'illustre parfaitement dans cette possibilité de passer trois journées de l'autre côté du monde, de revenir marcher sur la mousse qui recouvre la roche volcanique des rivages de Vesturbær, d'emmener sa mère dîner, qui ne l'entretient désormais plus que de son village natal, et d'enfin revenir sur le continent, cheminer dans le haut de Belleville, sa grosse parka arctique ouverte sur un T-shirt troué, avec un petit garçon dans une poussette.)

Notre enfant sera sans doute, qu'il le veuille ou non, le seul archéologue à peu près conséquent de toute cette histoire. Il saura d'où il vient, avec sa tête ronde et ses cheveux cendrés, avec sa peau très blanche et ses yeux noisette, aux reflets mordorés, à la forme d'amandes. Tôt ou tard toutefois, il désirera savoir ce qui nous a liés et ce qui nous a éloignés l'un de l'autre. Sauf à lui léguer des preuves, un témoignage écrit, il conduira sa fouille sur le terrain immatériel, mouvant, des confidences orales. Celles-ci évolueront d'année en année, au gré des perspectives offertes par nos existences, des humeurs et des influences, les récits successifs d'un même locuteur deviendront contradictoires, aussi devra-t-il construire sa propre version des faits de manière intuitive; il finira par en penser ce qu'il souhaite. Il posera des questions, mais nous ne pourrons jamais lui dire toute la vérité. Il apparaît surtout qu'aucun de nous ne saura la détenir. Il ne possèdera qu'un petit bout de vérité tangible, contenue dans cette photo de nous fixée au-dessus de son lit à barreaux; on pourrait en déduire n'importe quoi, elle montre juste deux personnes qui, ensemble, à un moment de leur existence, ont regardé l'avenir, eût-il été bref, malchanceux, impossible.

Cet amour, pensera-t-il, a été héroïque, il a été trivial, futile ou émouvant. On ne sait pas encore ce qu'il en pensera. Un événement s'amorce, de plus en plus certain, c'est l'effacement de ce lien de la surface de la Terre, l'escamotage complet de tout ce qui s'y rapporte, paysage, séquence, éléments de langage, goût au fond de la bouche, c'est l'anéantissement du souvenir. Rue de Belleville et alentour, les établissements se sont depuis succédé. Nombre de bars maudits ont été réhabilités en *coffee shops*, les bazars et les quincailleries aux devantures poussiéreuses ont peu à peu muté en épiceries bio et en cantines responsables. Nos itinéraires quotidiens ont été piétinés par le cours du temps. Les trottoirs ont été refaits, une fois, deux fois, essorés, érodés par la pluie. Des dates postérieures à notre rupture ont été inscrites sur des portions de goudron accolées aux précédentes, comme un patchwork grossier, un enlaidissement volontaire de ce parterre affectif. Les travaux de rénovation du Monoprix, dans le secteur Jourdain, qu'on croyait structurellement interminables et dont on avait fini par admettre la permanence, ont eux-mêmes rendu l'âme. Le Monoprix est désormais achevé, s'y rendre fournit une impression de soulagement et, simultanément, de nostalgie sans objet. Wow Air a fait faillite le 28 mars 2019. La disparition des tableaux d'affichage de la compagnie aux Airbus mauve et blanc s'est produite juste avant que la première partie du duplex de la rue des Couronnes ne soit vendue. Notre séparation, advenue l'année précédente, prenait décidément un tour très concret. Cette manne de vols low cost, à n'importe quelle heure de n'importe quel jour, ne reviendra plus. Gestur devra se faire stratège, économe de ses déplacements. Bientôt, il ne saura plus où dormir à Paris, car la seconde partie de l'appartement sera cédée. Nous ne serons plus jamais ces troubles colocataires, ces anciens amoureux réunis, au gré de ses passages, par la contingence du bien matériel. Je lui restituerai l'argent que je lui dois et puis je m'en irai.

La désertion de ce campement post-rupture viendra concrétiser ce que nous avons perdu.

Gessi entend mon point de vue, je veux une autre vie dans un autre quartier, je dois lui rendre sa part, etc., mais ses insomnies redoublent. Il sait pourtant qu'il nous faut nettoyer, achever tout cela. Je le rappelle d'ailleurs : « Ce n'est désormais plus qu'une question de mois, puisque déjà nous avons trouvé un premier acheteur et qu'ensuite tout s'enchaînera. » L'autre matin, Jódís a vu pour nous un déménagement dans son café. Nous le savons, nous allons nous extraire de cette situation. Après séparation du duplex, il a fallu traiter avec des prodigueurs de formulaires Cerfa, qui remettent en cause le travail des entrepreneurs, à propos d'un joint manquant ou d'une microfuite, thuriféraires d'instances implacables qui, retranchées derrière des acronymes, maquillent leurs *desiderata* en conditions *sine qua non* de notre sécurité. Bientôt, Gestur et moi liquiderons pour toujours notre vie commune en mettant en vente l'appartement du deuxième. Erling mis à part, nous oublierons tout ce qui s'est passé.

Notre victoire est ailleurs, mais nous ne savons plus où. Disséminée quelque part entre la rue de l'Équerre et la rue des Couronnes, et dans les voies attenantes, rue Piat, rue du Transvaal, aux Envierges et aux Amandiers, aux Cascades, rue Clavel et rue Julien-Lacroix, dans le passage Plantin et la villa Faucheur, rues gardiennes de nos amours puis de nos désamours. Notre victoire vient sourdre là où l'on ne l'attend plus. Elle s'obstine à démembrer le spectacle quotidien de ces riverains occupés à cohabiter, s'ignorer, s'annuler. L'invisibilité est une guerre froide. Déjà, elle fomente les batailles à venir. Bien en vue du Tunis Palace de la rue des Couronnes, le collage féministe « Le sexisme est partout ». En face de cet établissement où on ne tolère que les hommes. Pourtant, rien ne se passe. La témérité militante s'arrête net. L'horizon est aboli et tout se superpose. Nul ne s'adressera plus jamais la parole. Lorsque je partirai d'ici, je n'aurai aucun regret. J'aurai produit ce texte, nommé ces choses et psalmodié les noms de ces rues pour garder la mémoire de nos affinités et de notre appartenance mutuelle au milieu des premiers combats, de nos Europe qui ont pu se comprendre sans se recouper, de nos France dissemblables qui se mentent l'une à l'autre, de notre rue biterritoriale et de notre appartement divisé. Et quand je l'aurai achevé, je ne regarderai plus jamais en arrière.

Je confierai les clés de l'appartement du deuxième à l'heureux acquéreur sans le moindre remords. Il ne saura rien de ces lieux où nous ne nous sommes pas aimés. Les sortilèges, pourtant, ont la dent dure et obéissent à une logique qui échappe à ceux à qui ils échoient. On n'y croit jamais que dans l'urgence, comme l'on se remet à croire en Dieu et en ses saints, en la Vierge Marie, comme lorsqu'on se sent las, abandonné de tous, quand dans cette indigence tout devient évident. L'entrée dans l'appartement marquera-t-elle, pour lui aussi, la fin du couple ? Gestur et moi osons un rire complice en se le figurant.

Sépultures de vieux amants ensevelis, invisibles à l'œil nu, des mausolées émotionnels sommeillent par milliers sous le présent. Flóki l'imperturbable, au pelage noir fumé, ne conserve aucun souvenir de nous. Laki, joli berlingot roux, n'a quant à lui jamais pu déceler de quelle manière nous nous étions aimés. Notre enfant l'a-t-il su ? Il marche à présent, il commence à parler. Lui aussi s'éloigne peu à peu du moment où pour la dernière fois ses parents ont joué, lors d'un mariage, la comédie sociale d'un couple uni, serein. Sa petite main si fragile est celle qui, devenue forte, celle d'un homme accompli, me mettra en terre à mon tour. Songera-t-il alors qu'au commencement de sa vie il n'avait que moi au monde ?

Ce à quoi l'on consent est déjà révolu. Comme un paysage de France qu'on continuerait à blasonner de l'ancienne manière alors qu'il ne subsiste rien de ce qui l'a constitué, ni ses habitants, ni leurs intonations ou leurs régionalismes, la ligne d'horizon désormais entravée par le métal, les luminaires, le bruit et les ordures, des cris et des éclats en langues étrangères, ni les nombreux oiseaux désormais disparus, ni la civilité, la joie des airs chantés sous la tonnelle, le goût de les transmettre. Lorsque les lignes à haute tension ont eu raison de sa beauté, nous avons continué à croire en sa présence ; il était pourtant évident qu'elle s'était évanouie, que continuer d'en vivre, d'en parler comme avant, c'était se mentir. Nous nous sommes permis de nous mentir un peu, quelques années sans doute, avant l'acceptation.

Théorie du sang

Le sentiment de finitude qui étreignit Gestur Sigmundsson le jour des obsèques de Máni fut similaire. Il laissa sur la langue un goût âcre, semblable au lait tourné. Il se rappelait être resté longtemps dans sa voiture, encastré dans l'insensibilité, un cockpit de protection contre la douleur, un garde-fou contre la colère, à se mêler rêveusement au flot des automobiles sur Hringbraut comme s'il sortait de la ville et partait en week-end à un endroit précis qui n'était pas l'église où se tiendrait la cérémonie religieuse précédant l'enterrement de son meilleur ami. En dernière intention, il était revenu se garer en bas de chez lui et il s'était rendu à l'office à pied.

Les derniers appelés se pressaient sur le parvis de la Fríkirkjan. À bonne distance, il les laissa pénétrer en meute dans l'église. Un chant lourd et poignant parvint à ses oreilles alors qu'il se trouvait sur le seuil. Il n'y avait pas assez de chaises pour que tout le monde puisse dire au revoir à Máni, lui rendre hommage, et il ne s'en trouva aucune pour Gestur. Il s'assit par terre à côté d'une couronne de fleurs dont les boutons n'avaient pas encore éclos. Il regarda et vit qu'il s'agissait probablement de lys. Une large bannière barrait la couronne de ces mots, écrits dans un gothique dérisoire : « À notre ami ». Les fleurs ne dégageaient aucun parfum, elles n'étaient pas ouvertes et ne le seraient vraisemblablement pas avant la fin du culte. Gessi se dit que l'état de cette couronne mortuaire symbolisait bien la sorte d'amitié qui unissait ces gens au défunt. Entrer dans l'église lui avait demandé un immense effort, supérieur à celui qu'il avait poursuivi pour ne pas s'effondrer par la suite. Que ces Judas aux lèvres torves puissent inscrire « À notre ami » sur une couronne de fleurs n'était pas suffisant, il fallait qu'ils occupent aussi les premiers bancs juste après la famille. Ils avaient poussé l'imposture au point de venir polluer la cérémonie de discours larmoyants après que Guðrún, l'épouse de Máni, se livra à la lecture de psaumes dont personne ne voulut comprendre la signification ni l'insistance sur la vengeance divine. Gestur n'eut même pas le courage de serrer Guðrún dans ses bras à l'issue de la célébration et il s'en voulut beaucoup. Ses yeux accrochèrent les siens au moment où le cercueil passa dans l'allée, suivi de toute la famille. Les petits enfants tenaient la main de leur mère, ahuris comme des somnambules. Ils échangèrent donc un regard unique, qu'on ne saurait transcrire en mots, faute de le perdre dans la traduction.

Máni était mort dans les premiers jours de mai 2011. Ces jours étaient empreints de joie et de splendeur. On avait longtemps attendu le printemps, les chutes de neige s'étaient poursuivies après Pâques, l'arrivée du soleil était une libération. De nouveau, les soirées étaient longues et bleues, les pluviers étaient là, nichant dans les falaises. À Nauthólsvík, où le vent du nord soufflait sans discontinuer entre les dunes de sable, d'impudents baigneurs exécutaient des tours de force dans une eau à cinq degrés. Gessi et Máni avaient eu leur âge, leurs tignasses blondes et leurs petites amies. La blancheur de la peau de ces adolescents, l'absence de stigmates laissés par le temps sur leurs visages, étaient révoltantes. Il fallait qu'ils profitent maintenant de cette eau glaciale et de leur omnipotence, pensait Gessi. Un jour ou l'autre, tout serait rapace et dispendieux.

La mort de votre ami vous arrache le visage. Elle est venue vous dire que les moments d'existence commune, part tangible de vous, vont descendre dans la terre avec lui tout à l'heure et que le trou sera rebouché. Votre jeunesse n'exécutait pas un mouvement ascendant, elle allait vous détruire. Toutes ces années occupées à grandir, vous ne vous étiez jamais dit « je t'aime », l'amour n'avait été révélé à personne, pas même à ceux qui en étaient les dépositaires. Enfermé dans cette boîte, le cadavre de votre ami se présente comme un leurre, un postiche qui demande : comment espères-tu t'en sortir après ça ? Vous éprouverez alors une grande solitude, car plus personne au monde ne sera désormais en mesure de savoir qui vous êtes. Vous serez pour tous, pour toujours, six pieds dans le sol. Sur la terre en exil, vous demeurerez un étranger.

Il importait très peu à Jódís Kjartansdóttir, qui avait, elle aussi, assisté à l'enterrement, que Máni eût été impliqué dans un scandale financier d'envergure. Pas plus qu'elle ne se souciait du fait que ses nombreux soutiens, ceux qui avaient passé les dix années précédentes à se vanter de le connaître, ne l'abandonnent lâchement alors qu'il était en difficulté et portent la responsabilité de son décès. Dans le domaine de l'empathie, ses compétences étaient à peu près nulles. Non, ce qu'elle voulait savoir, c'était si les gens venaient du Nord-Ouest ou pas. Dans ce cas, elle faisait preuve d'une mansuétude illimitée. Comme Máni était un petit-fils de marin des fjords, elle avait toujours eu pour lui de la considération. Elle disait qu'il était un garçon positif, sans révéler s'il s'agissait d'une qualité ou d'une maladie. Petit, Máni s'était vu promettre par Jódís un destin hors norme. Il avait débuté dans une entreprise de poisson en conserve qu'il avait ensuite dirigée, avant d'en devenir l'actionnaire principal. Gessi avait perdu le fil à ce moment-là. Chaque fin d'année, Máni organisait un immense réveillon dans une très belle demeure sur Ægisíða, face à la mer. Des gens que Gestur n'avait jamais vus y affluaient en nombre et tapaient sur l'épaule du maître de maison en le congratulant. Après minuit, sur la plage, on lançait les feux d'artifice, une véritable guerre mondiale.

« On ne sort pas avec les filles de Garðabær » ; adolescents, ils répétaient cette maxime pour s'empêcher de frayer avec les nouveaux riches. Ils traversaient cette municipalité pour rejoindre Hafnarfjörður, où demeuraient les parents de Máni. Il y avait des baraques à colonnes doriques, des pavillons de chasse néo-antiques, des statues de chiens, de licornes. Les gens gagnaient de l'argent, ils ignoraient comment le dépenser. Ils voulaient tout, tout de suite, et leurs enfants étaient aussi prétentieux que leurs habitations.

Gessi n'a jamais voulu croire que Máni était devenu comme eux. Homme d'affaires international, il avait investi du capital étranger en Islande. Le pays avait maintenant un accès total au marché européen, la finance s'enflammait. Dans ce contexte, il avait racheté, au début des années 2000, des actions d'une banque dont la privatisation avait débuté quelques années plus tôt. Cette banque ne tarda pas à connaître une augmentation de plus de 300 % de sa valeur en bourse. Cela se passa au moment où la bulle financière mondiale, entamée au début des années 1990, avait atteint un sommet – juste avant son effondrement à l'automne 2008, à la chute de Lehman Brothers. Penser qu'au moment de cet achat, la banque figurait dans l'Iceland Stock Exchange et qu'elle disparaîtrait purement et simplement cinq ans plus tard était vertigineux.

Máni retrouva Gestur après sa peine de prison. Leur amitié lui apparut en authenticité. Ils connaissaient ensemble les secrets de la nature. Des années durant, ils étaient allés chercher les œufs des mouettes sur l'Akrafjall. Ils croisaient là de grands fulmars boréaux qui, pour peu qu'on les approche de trop près, projetaient sur eux un liquide visqueux, couleur de brique. Une impression d'immortalité se dégageait également du souvenir des plages du versant sud de la montagne, à l'abri du vent. Gessi n'avait pourtant pu empêcher le garçon positif de monter au troisième étage de l'immeuble de la banque, sur Borgartún. Au moment où il avait ouvert la fenêtre pour se jeter dans le vide, certains s'étaient agités, sans que nul, réellement, ne le reconnaissent. Gessi s'en était voulu de se demander pourquoi son ami n'était pas monté jusqu'en haut de l'immeuble. Máni n'était-il pas certain de vouloir mourir ? On avait ramassé un corps inerte mais toujours vivant. Il avait succombé à ses blessures dans la nuit.

Le gel avait entièrement disparu du Tjörnin ; en face de l'église l'îlot était vert, saturé de volatiles. Gessi refusa de se rendre à la réception donnée par Guðrún après les obsèques. Il y aurait sans doute eu de l'alcool et il en aurait bu beaucoup. Il rentra chez lui et se servit un soda au malt, substitut inoffensif et bien sûr inefficace. C'étaient les chutes écœurantes du stock de *malt og appelsín* constitué pour Noël. Une heure après, il s'en retourna en voiture chercher sa mère. Le culte, Jódís l'avait jugé *duglegur*, une épithète qui signifiait à peu près « efficace » (il était rare qu'une personne du Nord-Ouest l'emploie à propos d'actions menées par quelqu'un qui n'en venait pas). « Enfin, murmura finalement Gestur, maintenant on va peut-être s'autoriser à lever le voile sur cette imposture, on va enfin reconnaître que cet enrichissement n'est jamais allé dans le sens de nos existences. L'Islande a détruit ses petites maisons en tourbe, elle a mérité ce qui lui arrive ! » Et qu'on ne vienne pas lui raconter à lui, l'ami amputé, comme sa mère s'employait à le faire, que subsistait une âme au fond de tout cela, que demeurait une âme dans son pays de malheur.

Jódís eut un rire aigre, un peu comme un hoquet. Un soubresaut réprobateur, qui n'eut aucune suite. Ce n'était pourtant pas de la résignation, car cela voulait dire – et Gestur le savait, il l'entendait d'ici, sa voix lui parvenait, de cerveau à cerveau : « Hypocrite toi-même, excavateur foireux, il est bien plus facile pour toi de te confronter aux fossiles, de revêtir d'un baume les pertes et les profits que de regarder en face le corps de Máni. C'est à ton humanité incomplète que tu en veux personnellement, à tes souvenirs frelatés et à tes fuites incessantes. Tes fuites sont l'expression d'une lâcheté colossale, elles t'évitent d'envisager le temps qui passe, qui détruit et qui reconstitue ce qu'il veut à sa guise, elles annihilent la mort, et tu te prémunis ainsi de conserver son goût dans la gorge. Au fond, tu ne l'ignores pas, mon fils, tu ne serais pas parvenu à rester stoïque devant ce corps ensanglanté. Vous les hommes, vous avez un problème avec la vue du sang, et avec la douleur, et cette affaire-là commence à peser son poids de répercussions. Depuis qu'ils ont cessé de faire la guerre, cette vue, cette sensation, sont devenues insupportables aux hommes. Le sang et la douleur, qui sont réellement sortis de leur champ de compétences, ne pourront pas rester très longtemps l'apanage des seules femmes. Il faudra que vous en repreniez votre part, que vos actes soient enfin suivis de conséquences. »

Longtemps encore dans l'après-midi il entendit la voix de sa mère après l'avoir déposée chez elle. C'était comme un râle lancinant, oblitérant le ressac et le souffle du vent, le trille des oiseaux perchés dans les mélèzes, le grelot des chats du quartier, le vol pétaradant des liaisons domestiques au-dessus des maisons, le bruissement des machines à café qu'on percevait depuis la rue. Tous, oui, tous les sons qu'il put percevoir en maraudant dans le centre-ville furent annihilés par la parole intérieure de Jódís. Il savait que cette voix disait vrai mais il était trop tard pour décider d'embrasser un autre destin. Et si vivre vraiment impliquait de terminer comme Máni, ou comme les types affalés sur les bancs à Austurvöllur, avec le nez dans la bière tout l'après-midi, les *tour operators* qui font commerce de *whale watching*, ou bien comme ces marins obèses du fond des fjords qui s'en vont chercher une femme en Thaïlande pour éviter de crever de solitude, mieux valait pour lui rester en dehors de tout ça. De la même manière, avec application, il refuserait d'entrer tout à fait dans ma vie. Il refuserait d'éprouver, de vouloir et de participer. Il serait agi, aimé, voulu, puis il serait quitté. Enfin, il serait pardonné. Cela se déroulerait comme un dessein automatique, sans chagrin réel, sans dépit, sans entrave. Sa vie à lui réduirait son échelle, elle tiendrait pour toujours dans un sac à dos Samsonite, ses espoirs dans sa poche. On ne saurait pas d'où il venait, qui il était. Il rechercherait sans cesse des ivresses fugaces, des illusions pérennes, pour oublier le poids de cette douleur de vivre, et cette douleur de vivre ne reviendrait plus.

Sur la terre ferme

Le champ de lave succédera au terrain maritime avec une monotonie déconcertante. Il sera vert et jaune. Tout sera naturel dans cette envie de mourir, dans le dessein radieux de cette dissolution. La matière volcanique transpirant entre les lopins de mousse offrira une continuité graphique avec la mer de nuages aperçue depuis le hublot. L'océan excelle à créer ce genre d'appels d'air. J'éprouverai le désir de me jeter au sol.

Je n'informerai personne de ma présence ici. Cela arrivera un jour où il n'y sera pas, un long jour de juillet sans visibilité. Il fera blanc et frais. Nous inverserons nos positions géographiques, moi je serai là-bas et lui sera à Paris ; dans l'ombre consentie par un soleil cruel, il serrera contre lui notre enfant endormi. Le soir tombera poisseux dans la torpeur, sans qu'il trouve le sommeil, et je serai aussi insomniaque que lui, je partagerai une nouvelle fois sa condition et sa souffrance, refroidie par l'éblouissement perpétuel, par cet astre invaincu de la saison sans nuit. J'aurai réservé, à Reykjavík, un hôtel hors de prix peuplé par des Chinois en partance pour l'itinéraire du « Golden Circle », dès le lendemain matin. La réceptionniste m'aura tendu, avec la clé de ma chambre, une brochure pour le Blue Lagoon, une expérience unique en matière de géothermie appliquée au spa, à ne manquer sous aucun prétexte. J'entendrai, sans même le vouloir, la voix de Gestur dénigrer les trouvailles mercantiles chaque année renouvelées, il les déplorera sans pouvoir s'empêcher de les louer, dans cette hésitation éternelle sur ce qu'il doit penser de l'afflux de visiteurs, pour ce que l'argent du monde entier a permis à son pays d'accéder au confort, à la normalité. Ou bien il convoquera la valeur de l'argent, et il voudra pleurer le garçon positif, il souhaitera le venger grâce à moi, avec mes yeux tout neufs posés sur son pays, profiter de ce que mon innocence pourrait générer, un séisme émotionnel, si certaines informations étaient soudainement portées à ma connaissance sur les circonstances de la mort de son ami et celles de la mort de l'âme de son pays. Il compte sur mon dégoût, ma déception et mon effroi. D'emblée, il cherchera à noyer mon regard dans le *duty free* à ciel ouvert qu'est devenu le centre-ville de Reykjavík. Comme il sait que j'éprouverai un certain abattement devant la brochure du Blue Lagoon, il connaît mes pensées devant les petites bouteilles remplies à la source des glaciers et les plaques de chocolat islandais au lait de vaches islandaises.

Pourtant, à cet instant, il découvrira combien sa douleur est celle de l'amour ; il lui sera alors préférable d'aimer son pays sans réfléchir, de l'aimer coûte que coûte, que de se mettre à déplorer l'étendue internationale de la bêtise et de la cupidité. Il endurera ainsi, et j'endurerai pour lui, la vision de ces boutiques dont le succès ne tarit pas, alignées comme des écolières sur Laugavegur, écoulant à l'envi T-shirts et mugs à l'effigie des Vikings, au profil de volcan, et toute l'armée grotesque des macareux en peluche. Et je voudrai lui dire combien il est bon d'aimer son pays lorsqu'il est haïssable. Jamais la bêtise, le mensonge ou la lâcheté des miens ne m'auront empêchée de marcher dans ses rues ou d'emprunter ses trains avec cet amour fou, sillonnant éperdument la terre de mes ancêtres, de m'y sentir chez moi. Chacune de mes heures parisiennes aura fui ces passions sans parvenir à les décourager. Ç'aura été chez moi jusque dans la honte. Ç'aura été ma honte.

Le paysage, urbain ou agricole, aura toujours été trop poignant, trop le mien ; ma volonté d'y appartenir et de m'y fondre, une déprise semblable à un aveu, à un état de l'amour. Rien n'aura dépendu directement de moi, j'aurai fait corps avec la France jusque dans ses excès, sa saleté et toutes ses perditions. Moi aussi, pendant un temps, j'ai cru que j'arriverais à mettre sous le boisseau ce qui nous causait du mal, j'ai méprisé pour survivre. Mon cœur ne pouvait pourtant pas se passer de la France, j'encaissais sa désintégration et j'avalais toute sa mélancolie sans autre alternative, j'étais un membre de l'équipage. Ne pouvant demeurer sans elle, il aurait fallu que je meure avec elle. J'ignore qui d'entre nous est morte la première, qui d'entre nous a survécu, ou bien s'il m'est offert de survivre à sa suite.

Je n'ai jamais tout à fait réussi à honnir ce pays que j'ai tant critiqué, ni même à l'abolir, je l'ai seulement rejeté, repoussé violemment, à la mesure de mon ardeur déçue. Gestur saisira-t-il un jour le ressort de cette rage, la nature de la défaite que j'ai eu honte parfois de lui dévoiler ? Ses yeux, qui jouaient les délicats, pouvaient pourtant très bien voir sans mon aide, ils pouvaient se nourrir au même affront que les miens, au spectacle des lâches et des indifférents, des saboteurs, des traîtres. Dans l'omission sereine du malheur à venir, les ricaneurs et les prophètes du malheur tinrent le plus beau rôle, ces derniers dans les habits des profiteurs de guerre, qui jouaient sur les peurs, non sans succès. La presse française lui a toujours semblé fascinée par le mal, les journalistes jamais repus de nous mutiler. Sa naïveté, son extranéité leur donnait des excuses. Dans son regard j'ai cru lire quelquefois l'expression contractée du bénéfice du doute. Il a trouvé très tôt le moyen de mettre à distance ces détestables éléments de langage, d'encaisser, de se blinder. Il veillait chaque nuit dans le mépris prévisionnel des annonces du matin. Et quand nous parvenions à fermer l'œil, nous dormions côte à côte en nous laissant convaincre que notre éveil n'aurait servi à rien, car il n'aurait rien empêché. La guerre qui se menait sur tous les fronts ces dernières années, la guerre sans la dire, guerre de tous contre tous, sociale, parfois religieuse, avait-elle réellement échappé à sa sagacité ?

Il aura fallu du temps pour savoir ce que je devais raconter de nous, de ce qui nous est arrivé en chaussures de montagne dans les rues de Belleville, en petites baskets blanches sur la chape de mousse des saillances anthracites, et de la manière dont nous avons traversé ces moments sans parfois les vivre, en regardant sans voir, en aveugles réjouis, en étrangers tous deux. Mais devant ce paysage de désolation placide, la nudité de ces plaines habitées de vide et l'horizon délimité par ces monts inatteignables, dans cet onirisme aigu qui vous gangrène tant que, bientôt, vous n'avez plus que vos chaussures comme interlocuteurs et vos souvenirs en guise de civilisation, c'est devenu beaucoup plus clair. Le matin où j'ai quitté Reykjavík pour la péninsule du Snæfjall, je faisais encore attention à mon téléphone portable. Par la suite, l'écran du téléphone n'a cessé de parler pour ne rien dire, affichant tous les jours un message d'erreur de réseau. Les mots se désarticulaient, se vidaient de leur sens, ils se vidaient de leur sang. Et moi qui célébrais une sociabilité enfin rendue au point mort, le commencement de ma vie réelle, je ne voulais plus faire usage de la parole. Mes mots allaient longtemps se taire avant de revenir. Ils reviendraient un jour raconter l'effondrement d'une bibliothèque, l'effondrement d'une relation, l'histoire d'un amour et puis d'un désamour. Ils voudraient refluer, se vinifier, ils se bonifieraient jusqu'à la pourriture.

La pesanteur de mon corps est devenue insoupçonnable. La fossilisation a émoussé mes sens. Les pieds sur la terre ferme, sur la terre consolante, j'ai senti se craqueler l'enveloppe des précautions. Bientôt ce corps se déploiera sur tout le paysage, éclaté en mille parts. Là, je ne bénéficierai plus d'aucune protection et j'accepterai tout. Là, je n'apercevrai presque jamais mon ombre. Là, tout sera plus évident, tout sera devenu plus vivant, à mesure que rien n'appellera plus à la vie humaine. J'ai laissé les sternes me dépecer l'esprit, et l'esprit s'abîmer dans un abrutissement, la brume enveloppante au-dessus des glaciers s'est attaquée à la dernière parcelle de lucidité, de cynisme et de raffinement de mon cerveau continental. J'évolue sans référence à la société des hommes, leur importance ou leurs actualités, dans le costume bariolé du randonneur moderne. J'arrive à me passer de douche dès que je le peux, je mange dans des boîtes de conserve rebutantes, j'entame volontairement ce qu'il me reste de digne. L'hostilité de cette terre me tend les bras, elle m'enserre et m'astreint à ne plus penser. Le présent perpétuel efface l'avenir.

Snæfellsnes est cette longue étendue, cet amour sans lendemain qui m'aura rendue à moi-même. En empruntant le couloir maritime qui court au nord, il est possible de rejoindre rapidement les fjords de l'ouest. Il suffirait, pour plonger dans l'enfance mythifiée de Jódís Kjartansdóttir et vérifier ses dires, pour décompter les maisons de tourbe qui y subsistent encore, d'embarquer sur le ferry à Stykkishólmur. Être ici me suffit. La pluie tombe plusieurs fois par jour, sans que cela ne revête plus la moindre importance ; la tempête du jour se présente le lendemain comme une mer de soleil. Et, plusieurs fois par jour, le soleil sèche ma peau comme jadis on séchait le poisson dans les abris en pierre de Gufuskálar. L'air qui, s'y engouffrant, lui offre cet aspect minéral, vient épurer aussi les traits de mon visage. Un arc-en-ciel s'étale sur la largeur de la plage de Skarðvík en zébrant de lumière les crevasses de lave. Je fuis les vacanciers, les 4 × 4 de pêcheurs enrichis, les bâtiments en préfabriqués à l'entrée des villages, les baraques à hot dogs et les points Wi-Fi. Tout ce que l'Islande a voulu convivial, un écho parodique à la civilisation dans la lointaine hostilité du 65e parallèle, est mon ennemi. Mon unique ambition est d'exister en proportion moindre.

Je veux seulement survivre. Je veux planter ma tente là où la coulée de lave s'arrête et forme ce monticule qui protège des bourrasques. Chaque matin, repartir, recommencer. L'incandescence sortie du sol n'est même plus un souvenir. J'observe la petite jungle abritée dans le lit des crevasses, ces végétaux du continent qui y prospèrent par accident, advenus de manière inespérée sur cette terre rongée par la cendre et le froid. Juste au-dessus, la mousse exposée à la tempête m'offre un tapis trompeur, une oasis comme un mirage. On aimerait y marcher pieds nus en méprisant l'aspérité de la pierre. Je pourrais le faire, tout aussi bien le rêver, cela ne changerait rien. Mes pieds peuvent s'effriter sur le tranchant de la roche, je peux saigner. Je peux pleurer ou non. Je peux rester là en attendant que ça passe. Je serai seulement venue là pour me laver les yeux, réparer mon regard ; par la suite, je pourrai regarder de nouveau.

Merci à Manuel Carcassonne, valeureux capitaine sur la mer agitée.

Cet ouvrage a été composé
par Belle Page
et achevé d'imprimer en France
par CPI BUSSIÈRE (18200 Saint-Amand-Montrond)
pour le compte des Éditions Stock
21, rue du Montparnasse, 75006 Paris
en février 2023

PAPIER À BASE DE
FIBRES CERTIFIÉES

Stock s'engage pour l'environnement en réduisant l'empreinte carbone de ses livres.
Celle de cet exemplaire est de :
750 g éq. CO_2
Rendez-vous sur
www.editions-stock-durable.fr

Imprimé en France

Dépôt légal : mars 2023
N° d'édition : 01 - N° d'impression : 2070062
84-51-9588/9